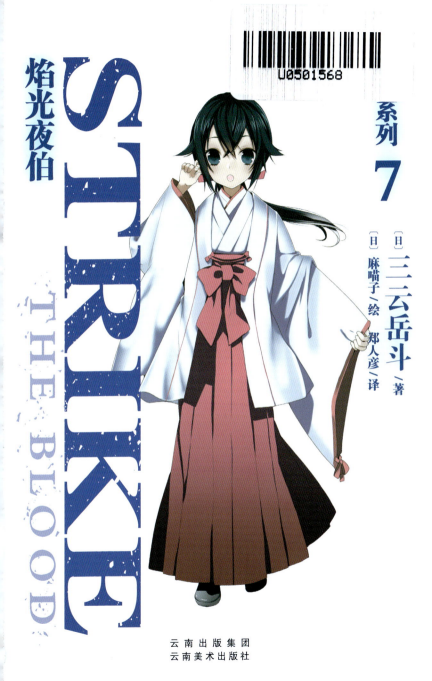

焰光夜伯

STRIKE THE BLOOD

系列 **7**

〔日〕三云岳斗／著

〔日〕麻喵子／绘　郑人彦／译

云南出版集团

云南美术出版社

U0501568

姫柊雪菜

『剑巫』Swords=Shaman

狮子王机关的可爱监视者

晓古城

『第四真祖』The Fourth Primogenitor

世界最强的『怠惰』吸血鬼

晓凪沙

『真祖之妹』
Sister of Primogenitor

天真烂漫而聒噪的贤妹

南宮那月

「空隙魔女」Witch of the Void

唯我独尊的高貴女教師

晓牙城

『冥府归人』Returnee from the Netherworld

犯厄的好战派考古学者

蓝羽浅葱

『电子女帝』Cyber Empress

华丽任性的电脑天才女高中生

矢濑基树

『过度适应者』Hyper-Adapter

开朗的同学，也可以说是双面小丑

Contents

狂袭系列

7

焰光夜伯

STRIKE THE BLOOD

〔日〕三云岳斗／著

〔日〕麻喵子／绘 郑人彦／译

云南出版集团

云南美术出版社

序章
Intro

男子出生于遥远的过去。

生育他的，是被逐出众神乐园、降临在洪荒大地的第一名人类——

换言之，他是第一个由人类创造的人类。

然而男子遭受神怒，被放逐至异境之地。

神赋予他的是杀害同胞的污名以及不死诅咒。

于是，他成了罪人，大地仅留下他最后的同胞及其子孙。

丰饶的大地诅咒男子，拒绝着他的归来。

因此，他憎恨大地。在永劫的黑暗及孤独中，他流于异境的血与泪落到了地上，催生出众多魔族。

为取代大地丧失的生机，他孕育出了文明和争端。包括习得学问和魔法之人，还有锻造一切青铜和钢铁器械的人。

残留在土地上的人类遂违逆天规地律，造出新的城市。

通过魔法，创造出一座用碳纤维、树脂、金属组成的人工都市——

他叫该隐。是最初的罪人，魔族之祖。

如今，他仍在异境之地浅寐。

梦想着回到大地，以及对世界完成复仇的那一刻——

✝

摇曳的光芒遍布虚空。七彩火焰宛若极光，时时刻刻都在变换着色彩和形状。

在冻结的白色空气中，仿佛静止的时光下——

少年一个人躺在这个被寂静和孤独支配的空虚世界里。

哪怕他是个只有十二岁，尚处于成长期的稚嫩少年。

不过他对自己是已死之人这一点早有自知。

单边肺脏和心脏，和大部分肌肤都被轰飞，他的现状极其凄惨。

少年最后目睹的景象是爆炸的闪光。巨大兽人凶猛作乱，活尸千百成群。

还有棺里的少女。她睡在羽毛般飞舞的光灿碎冰之中。

如冰河般剔透的苍白肌肤被少年流下的血所染红——

"——为何不怕我，少年？"

自时光流逝中隔离的世界里，响起一个肃穆的嗓音。

虚空中浮现的是缠绕着白茫寒气的巨大身影。

展开冰翼的妖鸟，抑或说是人鱼？

它犹如蜃景般摇曳着，冷冷地俯望着沾满鲜血的少年。

"谁知道……呢……"

嘴唇微微发颤的少年回答道。

实际上他并没有发出声音，因为他的肉体早就毁坏了。而失去肉体的灵魂同样受了伤，正要被吞入这个虚无的世界。

尽管明知这些，少年眼里仍无惧色。

他仰望着巨大的妖鸟浅笑，仿佛抗拒着生命的消逝。

"大概……是因为，我还有事情得处理吧……"

妖鸟用冷峻的双眸瞪着少年。

它的意志就是支配世界的冷酷法则。只要少年有一瞬间陷入恐惧，并且接纳本身的死，它就会用压倒性力量撕裂他的灵魂，和以往被拉进这个世界的无数祭品一样。

少年却没有别开目光。他硬是撑起朽体残躯，以无言表达不屈。

"你的生命早就耗尽，已经办不到任何事情——"

妖鸟用不含一丝感情的声音淡然道出事实。

"这里是第四真祖的'血之记忆'——在悠久的生命中无限堆积的时光坟场。我等则是潜伏于真祖血脉，以其记忆为活粮的眷属。如今你也只是这当中的一部分罢了——"

妖鸟舞动巨大的冰之翼，幻化其身形。

那是有着火焰般翻腾的七彩发丝以及焰光之瞳的美丽少女身形。

"迈入死亡的人子啊，为何不惧怕于我？为何要呼唤我的名字？"

"你吵死了！"

少年打断少女的疑问，带着愤怒吼了出来。

他硬是扯断即将融入虚空的染血双臂，然后起身。

"事情还没结束！我是来保护那家伙的！为此我愿意利用任何力量，哪怕是毁灭世界的力量也不惜一用！"

"就凭你那不比真祖的凡人之躯，也想吞噬我等悠久的'血之记忆'？"

少女感慨地笑了，她那无邪的笑容与那妖精似的脸孔极为相衬。

少年理应失去的血肉、骨头和内脏，开始从空无一物的虚空中逐步再生。

他反噬了想吞掉自己的"血之记忆"。无力的凡人反噬了唯有吸血鬼真祖能驾驭的无限"负之生命力"——

"那代价将庞大而高昂，可悲的人子——"

少女眯起焰光闪烁的眼睛说道。

她握着的手中冒出一块小小的碎冰。碎冰立刻长成一柄长枪——带着二叉枪尖的冰枪。

"那我也甘愿。所以，拜托你借给我力量——奥萝拉！"

少年拼命伸出染血的手臂，呼唤她的名字。

刹那间，少女眼中涌现的是泪中带笑的温柔神情。

露出微笑的她细语——

好吧，你就接下这股力量——

面对毫无防备地伸出手的少年，她挥动冰枪就刺向了他。

第一章 妖精的灵柩
Fairy's Coffin

1

那座岛浮在地中海近中央处。

岛名为"戈佐"。

它属于欧洲马耳他共和国的一部分，是一座作为观光胜地而闻名的岛屿。富含变化的海岸线孕育出美丽景致，灰色码头和湛蓝海洋形成的对比迷住了众多游客。

此外，戈佐还是一座以遗迹闻名的岛屿。

岛上四处可见地下坟墓及环状石阵，更保留许多据传为人类史上最古老、源自新石器时代以前的巨石建筑物。那是如何用人手建造而出的？是否为祭祀某位神明的场地？种种疑问至今仍没有答案。

另外——

在那些宝贵遗迹的其中一座里，有个男子在无名地下坟墓发掘现场兴致盎然地开口道：

"唔！好吃！"

他是个体格算高壮的日本人，经过久晒的皮肤显得黝黑，脸上充满自信。头发也许是他自己修的，长短参差不齐，就像随手用小刀割过一样，下巴则有显眼的胡茬。褪色皮革风衣搭配软呢帽的打扮，与其说是遗迹调查员，倒不如说更像赶不上时代的黑手党分子或没生意的私家侦探。

年龄差不多四十岁吧——

男子拿着拜卓拉利口酒的酒瓶。那是用仙人掌果实酿造的马耳他特产酒。他深深坐进野营椅上伸长双腿，大白天的就在灌酒。

"真不错，蓝天搭白云，好酒配美食。这样才有活着的真实感。"

男子说着将用营火烤好的香肠送到嘴边。

马耳他特产香肠以粗绞肉制成，散发着一股独特的香气。男子粗鲁地咬断香肠，然后又拿着酒瓶豪饮。过了一会儿，他忽然略带遗憾地深深叹息。

"只要旁边再多个香艳的小姐就完美了……"

"——你在说些什么啊，博士？"

责备般冷冷回话的是一个二十过半的白种人女子。

即使女子身穿朴素的冒险者猎装，依然能让人感觉到她身上的才干、规矩以及某种格调。端庄面容几乎没化妆，一头秀发则毫不吝惜地削短修齐，看上去就像顶尖的研究者。

"啊……简单说呢，卡尔雅纳小姐。毕竟天气这么好，你是不是该效仿她们，打扮得休闲一些？感觉那样也能提升发掘队的士气。"

男子察觉她脚步急躁地靠近，表情变得像是被饲主训了一顿的笨狗，还嬉皮笑脸地摊开了手边看到一半的杂志泳装照。

"很不巧，那种服务并不在我的职责之内。"

白种人女子——第四次戈佐遗迹调查团总顾问莉亚娜·卡尔雅纳，粗鲁地从男子手中将杂志抢走。被她称为"博士"的男子则无奈地耸肩摇头，莫名同情地将视线对着莉亚娜胸口。

"你好严肃。都专程来到地中海的僻地了，放开一点嘛，要有拉丁的调调。你也不用难过，在我的祖国有句金言是这么说的——'平胸是稀有价值'。就算胸部小，同样会有一群需求人口——"

"——性骚扰的诉讼程序相当麻烦，如果你能避免再让我的工作量增加，那就谢天谢地了。"

莉亚娜用双臂遮着胸口，冷漠地瞪着男子。

"我才想请教博士，是不是可以工作认真一点？况且，将拉丁国家的民族性想得好逸恶劳是一种偏见。请别忘了，这座岛自古以来就受惠于地中海贸易，位居繁荣商贸及文化的要冲。"

"我没忘。这座岛是北海帝国联邦的一部分，世上最古老的魔族特区，而且在面对第二真祖的自治领地——'灭绝王朝'侵略的历史中，这里曾是最前线的激战区。"

被称为博士的男子露出苦笑，饮尽了瓶底所剩的酒。

"不过，那才真的和我的工作无关。反正在需要的人手到齐前，我们根本无能为力。"

"你这么说……确实是没错……"

"悠着点干活吧。就算一股脑地贪功赶进度，也不会得到好结果——"

男子悠闲地说完，然后又朝新烤好的香肠伸出手。

然而紧接着，他们背后传来足以撼动肺腑的爆炸声。

巨大火柱直蹿而上，就连大地也为之震动。随之而出的沙尘将天空染成了一片灰色。

爆炸点在两人所在的岩地后头——正好是地下坟墓的入口附近。在遗迹发掘现场使用炸药并不算稀奇事，但是刚才的爆炸规模未免太大了。

有部分遗迹被炸飞，石块像冰雹一样落到地面。伴随着作业人员逃窜的哀号，还可以听见疑似枪响的声音，显然不是正常爆破工程会有的情景。有意外状况发生了。

"啊……对对对，一味求快的结果就会像那样……"

男子望着沙尘盖顶的遗迹，懒散地说了一句。莉亚娜瞪着他大吼：

"现……现在不是能够这么冷静的时候！到底……出了什么事——！"

"啊……喂——卡尔雅纳小姐……"

在男子呼唤前，莉亚娜就爬上岩地跑了过去。她顶着迎面扑来的爆炸气浪，有勇无谋地往爆炸中心点跑下去。

男子低声咂嘴，然后无奈地捧着喜爱的步枪盒追在她后头。

弥漫的沙尘中不断传出枪声及怒吼。

遗迹发掘作业原本就处于停工状态，留在现场的人员不多，只有北海帝国派遣的几个学术调查团成员，还有从民营军事公司聘来卫守遗迹的战斗队员。

进行枪战的恐怕就是那些警卫。

和他们交战的对手，则是在爆炸的烟尘中蠢蠢欲动的奇怪身影，看起来并非正常生物，也不像是单纯的人造物，而且体格大得惊人。要是让最新锐的大型战车像人类一样站直，或许

就会是那副模样——

"GAHO！过来帮个忙！GAHO！博士！"

从沙尘中冲出来的是一个体格壮硕且留了胡子的警卫。民营军事公司的迪玛斯·卡鲁索，遗迹调查团的警卫负责人。身高超过一百九十厘米的庞大身躯背着机关枪和弹带，模样令人联想到武装后的大山猪。然而如今的他全身布满伤痕，表情也因焦急而显得扭曲。

"嗨，卡鲁索。这是在闹什么？我应该说过，别进去第三层吧？"

被称作博士的日籍男子用了和现场不搭调的轻松口气向卡鲁索攀谈。卡鲁索察觉到男子的身影，虚脱似的当场跪了下来。

"抱歉，GAHO……达塔拉姆大学的调查团破坏了协议，擅自展开调查……"

"伤脑筋。唉，我就知道是这么回事……还有，订正一下，我的名字不叫GAHO。"

男子随口嘀咕完后，将视线转向遗迹内部。

敌人的全貌从逐渐变薄散去的爆炸烟尘中现形了。

那是一尊高四米多、长得怪模怪样的神像——全身披盔戴甲似的罩着金属外壳，具有四肢的人型兵器。

平坦的巨大头部有如抹香鲸，散发着奇妙的神圣感及诡异威迫感。也许它是以希腊神话里描绘的地中海怪物——"塞特斯"为蓝本。

"博士，那是……"

莉亚娜僵着脸问了男子。男子看似愉快地应声点头说：

"类似遗迹守护像吧。听说第三次调查团的人已经将那些全部排除掉了，没想到还留着这种大家伙。真叫人热血沸腾。"

"你还在说什么风凉话啊！"

莉亚娜看他感叹得仿佛事不关己，头疼地抱怨道。

神像的出现地点在遗迹地下。那似乎属于击退坟墓入侵者的自动防卫装置之一，估计是粗心擅闯遗迹的调查团团员使它启动了。

而且神像穿破厚实的石灰岩壁，正打算强行爬出地表。

警卫们拼了命应战，可是凭机关枪的火力根本奈何不了神像的装甲。那不仅仅是用强韧得惊人的金属打造出来的，恐怕还被魔法强化过。

神像发出的青白色闪光反而扫过了警备公司的装甲车，使车子陆续爆炸起火。

"唔……"

莉亚娜不甘心地咬唇，并且碰了自己左腕上的手镯，接着打算只身冲到神像跟前。但男子揪住她的领口，硬是将她拦下。

"别心急，卡尔雅纳小姐。能靠硬碰硬打过那种怪物的，得有吸血鬼真祖那种程度的能力。不冷静下来的话，只会扩大灾情罢了。"

"可……可是——！"

莉亚娜皱眉瞪着男子。在他们俩旁边，卡鲁索正拼命地应战神像。然而，别说子弹，连手榴弹直击也没能伤到神像的装甲分毫。

"没什么法子吗？GAHO！这样下去我们也没救了！所有人

都会死！"

"早说过我不叫GAHO……"

男子将手放到软呢帽帽缘上，不耐烦地叹了气。接着他用手机拍下站起的神像，神情愉悦地嘀咕：

"和第九梅赫尔格尔遗迹的古代兵器很像呢……与其说是防止盗墓而设的陷阱，倒不如叫它守墓人——为了不让坟墓里的东西觉醒而设置的守卫吗？看来，到这里是押对宝了。"

"GAHO！"

卡鲁索瞪着一直冷静观察的男子，恨恨地发出怨言。

男子对焦急的大块头警卫笑着说：

"别担心，卡鲁索。这家伙是遗迹的守卫，不会做出袭击外部人类的举动。只要调查团那些人不做无谓抵抗——"

在他的话说完之前，巨大的爆焰就笼罩了神像。火箭弹的直击——从营地赶来的民营军事公司的增援部队用上了便携式的火箭筒。

即使迎面吃下了对战车用的成型火箭弹的攻击，神像也依旧无损。

不仅如此，它还立刻朝发动攻击的警卫们展开反攻。

神像发出的青白色闪光，其真面目是高火力激光炮。那在一瞬间便熔解了巨岩，让调查团的营地陷入火海。成为反击目标的不只武装警卫，连调查遗迹用的机材、扎营帐篷和逃窜的调查团团员，也都遭受到了神像毫不留情的无差别攻击。这样下去，调查团的驻地全毁只是时间问题。

"哎呀呀……这样就实在不妙了。"

男子泄气地闭上眼睛。仿照塞特斯造出的神像似乎彻底将调查团认作敌人了。在完全消灭此地的人类以前，它大概不会停止动作。

"博士——！"

"好好好。可以的话，我本来想将它毫发无伤地回收调查，但现在也由不得我啦。"

男子一边应付莉亚娜的催促，一边放下原本扛着的步枪盒。

他从盒子里取出的是一支全长达一点八米的狙击枪，总重约三十公斤。那样巨大的枪械与其称为步枪，称为成大炮反倒合适。莉亚娜愣愣地望着那支巨枪，连眼睛都忘了眨。

"反……反器材步枪？"

"二十毫米口径。坚持将这笨重的东西带来，看来是对的。"

男子的口气像个炫耀玩具的孩子，说着就将步枪来开两脚架就位。

或许是察觉到敌意的关系，神像缓缓回头。即使如此，男子的动作依然不慌不忙。他手法利落地装填弹药，细心瞄准。

然后等神像完全回头，头部的激光炮口开启——

在那个瞬间，男子将扳机扣到底，子弹伴随着轰鸣声射出。目标是神像装甲的孔隙——激光炮口。

纵使口径再大，凭步枪子弹也不可能摧毁足以抵挡对战车火箭弹的巨大神像。反器材步枪的真本领终究在于狙击——弹道的准确度上。

男子射出的弹头就像被不过几厘米的装甲孔隙吸入，并且入侵至神像内部，对精密的机械结构造成致命性损毁。炮口被

破坏，使得无处可去的高输出激光能源逆流，伴随着青白的电光爆炸了。

"成功了！"

莉亚娜握紧双手叫好。任何攻击都不管用的神像头一次受损了。

"不，还没完——"

男子却面色不改。他兴味盎然地望着受创的神像，淡然地将空弹壳排出。

爆炸后一度停止动作的神像再次开始活动，朝着架枪预备的男子这边直直地走了过来。激光炮膛的爆炸对神像来说似乎并非致命伤，它打算利用披着重装甲的庞大身躯将男子踩扁。理应遭到破坏的激光炮口周围更像生物一样蠢动，逐渐开始自我修复。

"……它能再生？"

"哎，我想也是。好歹是'天部'的遗产，总要有这点本事。"

不出所料啊——男子满意地嘀咕了一句笑了。动摇的是莉亚娜等人。

"博……博士——！"

"该怎么办？要怎么打倒那种玩意儿？"

射完残弹的卡鲁索都快哭了，对男子大吼。他心里八成希望逃跑，可是身为警卫负责人也不能那样做，至少得争取时间让营地的众人避难完毕。

"别担心。靠刚才那枪已经大致摸清楚那家伙的驱动术式了。那一类的遗迹守护像有共通的弱点——下一发子弹可是特

制品。"

　　相对于卡鲁索，男子的表情却显得开朗，看起来他似乎正享受着这种危急的状况。

　　男子将手伸进皮夹克怀里，拿出了新的子弹——镶有宝石的黄金弹头，弹身刻着奇怪的图样。

　　"就算是古代超文明的产物，内藏动力源能持续运作几千年也太夸张了。遗迹守护像就性质而言，大多是由遗迹本身来供应魔力，所以只要让过量的魔力流入其回路——"

　　男子再次装弹并且瞄准，他朝着神像的身体随意开火。

　　黄金子弹伴随着巨响撞击在神像的胸膛处。

　　当然，反器材步枪的子弹并不具贯穿神像装甲的威力。弹头顿时压缩损毁，化成无数飞散的碎片。

　　同时，弹头吐出了强大的魔力，形成一道巨大魔法阵——

　　"咒式弹！"

　　莉亚娜察觉到男子用的子弹真面目，愕然地转头惊呼。

　　所谓的咒式弹，是将强大魔力封于贵金属弹身的特殊子弹。现存的弹药数量极少，能发射的枪支更少。这种子弹有着巨大的威力，是只有一小部分的王室成员才拥有那种价格贵得离谱的高档玩意儿。

　　"你到底从哪里拿到那种东西的？"

　　"我说过了吧？那是特制品。"

　　男子懒散地微笑着站了起来。

　　胜负已定。受困于魔法阵的鲸头人身像流泄出闪光，逐渐解体。咒式弹释放的强大魔力令驱动神像的远古魔法术式脱缰

失控，进而自我毁灭。

"哈哈……干掉那玩意儿了……了不起，GAHO！"

抛开武器起身的卡鲁索豪爽地笑着抱了过来。男子粗鲁地将他踢开，厌烦地板着脸。来自西班牙的卡鲁索并不习惯日本人的姓名发音。

"拜托……别让我一说再说，卡鲁索。我的名字不叫GAHO，发音是'GAJO'才对。"

男子捧着枪身发烫的步枪，嫌麻烦似的起身。

莉亚娜站在相隔一步的位置听着他们对话。然后她没让任何人发觉，只在嘴里微微嘀咕，以崇拜的眼光直对着男子沾满沙土的背影——

"GAJO……晓牙城……"

2

晓古城在意大利半岛——罗马自治区的机场下飞机，是在三月已经过半的春天时分。为了前往地中海岛国马耳他，他才会在转机时路过罗马。

同行者就一个——他的妹妹晓凪沙。原本同行的母亲在行经香港时分开了。

古城刚从小学毕业，凪沙又比他小一岁，一般来说这样的年纪并不适合让他们兄妹俩在国外走动，不过晓家的背景较为特殊。

由于工作因素，任职于跨国企业MAR的母亲一年有近一半

的时间都在海外生活；父亲则在三个月前就为了发掘、调查遗迹而停留于马耳他——

像这样，古城兄妹俩夹在格外国际化的父母中间，本来就有好几次国外旅行的经验，这次更是被父亲点名才不得不千里迢迢由日本启程来到这里。

"唔哇……"

十一岁的晓凪沙刚来到机场入境厅就朝四周风景看了一圈，高兴得惊叹。

"古城哥你看，是外国耶！外国外国！好多外国人！招牌也全都是外国话！好久没接触到这种气氛了！"

"哎，毕竟是国外嘛……还有，在这里我们才是外国人吧？"古城拖着两人份的行李，用稍显稚气的嗓音嘀咕。

或许是长时间关在飞机客舱里，凪沙下飞机后异样兴奋。即使没有那头及腰的乌黑长发，她也一样显眼。古城觉得他们俩格外受周围人的注目，不由得害羞起来。

"怎么了，古城哥？你没什么精神耶？啊，发现摊贩！好像很好吃！Biscotti（**注：意大利脆饼**）！请给我Biscotti！我要买四个！Quattro（**注：意大利语"四个"**）！"

凪沙握着刚换好的零钱，往机场内的贩卖部冲了过去。两个份量就很多了——店员如此建议，但是她仍坚持买四个，还用了只懂只字片语的意大利文开始砍价。

"……居然一下就融入新环境了。"

买完东西的凪沙趁古城不注意，又拜托其他游客一起拍了照片。适应速度出神入化。

20

"你真有精神。"

古城望着终于跑回来的妹妹，忍不住感叹。

凪沙歪着头，瞧了瞧古城那张脸问：

"我才想说，古城哥好没精神哦。难得来海外旅行，不享受一下就太可惜了。要不要吃意大利脆饼？需要分你一半吗？"

"呃，不用了。话说你吃了那么多机上餐点，还有胃口啊？"

古城打着呵欠说道。日本和罗马的时差是八小时，受此影响，身体变得又倦又懒。从这里到马耳他还有大约一个半小时的航程等在后头。

"老爸也真是够了，寄那种廉价机票给我们，转机次数太多了啦。说是海外旅行，基本上还不是来帮他工作的？"

"……也对呢。对不起哦，古城哥，让你陪着我一起来。"

凪沙的音调变低了一些。他们这趟旅行是为了见父亲，不过正确来说，被找来的只有凪沙，古城则是陪她一起来的。

"你不用道歉啦。好了，接下来该怎么办？"

"呃，据说牙城爸爸的朋友会来接我们。对方应该是在航空公司的柜台附近等……对了，我带着地图呢。"

凪沙说着便摸索起外套的口袋。古城依然抱着行李，呆呆地看她东摸西找，结果忽然有人用肩膀撞了上来。

"Scusi(**注：抱歉**)——"

有个矮小的外国男子貌似困扰地朝古城搭话。虽然听不懂意思，不过他似乎是在为撞到古城的事道歉。他是个三十岁左右，外表挺朴素且打扮不起眼的男人。

"啊，对不起……呃……Mi dispiace(**注：对不起**)……"

古城也用半生不熟的意大利语答话。于是，男子满意地露齿笑了。

"Huh...Di niente. Buon viaggio, stronzo（注：**不会。祝你们旅途愉快，笨蛋**）."

"啊，多谢多谢。Grazie grazie（注：**谢谢**）."

古城笑咪咪地挥手目送男子。这时候，警觉有异状的凪沙抬头指向对方。

"古城哥，手袋——！"

"咦……"

男子察觉凪沙开始嚷嚷，忽然拔腿就跑。他夹在腋下的是凪沙让古城保管的手袋，里面有机票、护照、提款卡和其他贵重物品。古城在刚才被男子用肩膀撞上来的一瞬间，被他扒走了东西。

"那个家伙——！"

霎时间，古城火大得脑里一片空白。等他回过神来，身体已经豁出全力冲了过去。飞快加速的脚程全然不像小孩，猛追向扒手。

但对方同样拼了命在跑。虽然两人的差距正逐渐拉近，却没有那么容易能追上。要是让扒手就这么逃到机场外，人生地不熟的古城想逮到人就几乎无望了。

追不上了吗——就在古城即将绝望时，有个游客静静地走到扒手面前。那是个比古城和凪沙都娇小的东洋少女，一身镶满荷叶边的礼服，令人联想到标致的瓷偶。

"——Per Dio（注：**该死**）!!"

22

与其避开那个少女，扒手似乎宁愿直接把人推开。他毫不减速地直直冲向少女，少女随即用手里的洋伞轻轻一挥。

扒手大概被少女的行动吓到了，脚步顿时绊住，仿佛踏空看不见的楼梯，直接摔个四脚朝天。即使如此他仍立刻起身想逃跑，不过在那之前就被古城追上了。

"——把凪沙的手袋还来。"

挡住扒手去路的古城说了。

"Figlio di puttana（**注：混蛋**）..."

扒手不耐烦地咂嘴，拔出了匕首。他当着古城的面乱挥，像要吓唬人。古城放低重心，默默瞪着那个男子。这让他回想起小学时热衷的小型篮球赛的后卫。

古城当然没有武器，体格也不如对方。奇怪的是他并没感到害怕。只要冷静观察就能发现男子破绽百出，即使古城摆出拙劣的假动作，都有可能骗得他一愣一愣的。

男子似乎沉不住气，朝古城迈出了脚步。瞬时间，古城钻进他怀里，靠着篮球的抄球诀窍抢回了被扒走的手袋。

"抱歉啦，大叔。东西我已经要回来了。"

古城亮出抢回的手袋，扬起嘴唇狞笑。

男子愣着看了被抢回去的手袋，很快就撂下狠话逃走了。古城目送他的背影，感觉一阵虚脱。

"哼哼……你很有一手嘛，小子。"

朝古城攀谈的是那个身穿豪华礼服的少女。她的外表比古城年幼，口气和态度却显得傲慢而又盛气凌人。不过那与她倒是莫名合适。

"你也是啊。得救了。不过我想知道，你对那家伙做了些什么？"

"别多问。我会帮你只是一时兴起。"

礼服少女说着，嫣然一笑。而另一边的古城则不禁微微露出苦笑。即使有着和外表不符的态度，有着奇妙威严的少女却让人讨厌不起来。

"古城哥！"

凪沙跑得上气不接下气才总算赶上了古城。确认了古城平安无事后，她闹别扭般地挑起了眉：

"你不要乱来啦。要是在这种地方受伤了怎么办！"

"没事的。再说也有别人帮忙。"

"咦？有谁帮忙？"

"这还用问……咦？"

古城看着反问的凪沙，随即一脸困惑地环顾四周。刚才还在旁边的礼服少女不知不觉间消失了，宛如融入了虚空一般，不留任何痕迹——

"奇怪，刚才明明还在，有个穿怪衣服的日本女生……感觉年纪和你差不多。"

"……唉，你没事就好……真是的。"

凪沙仰望着想解释的古城，一脸无奈地发出叹息。

虽然总算夺回行李了，但机场内却因为扒手的关系仍然一片骚动。古城会觉得自己特别受瞩目应该并不是心理作用。

要趁事情变得更麻烦以前先溜吗——在古城犹豫时，有个陌生女性拨开看热闹的人群，朝他们俩开了口：

"——不好意思，请问是晓凪沙小姐吗？"

那是个将靛色套装穿得整齐体面的年轻白人女子。尽管感觉没上妆，仍相当有姿色，气质像干练的董事长秘书。

"是我没有错……呃，请问你是？"

"我叫莉亚娜·卡尔雅纳，是晓牙城博士托我来接你的。"

女子用了流利的日语回答态度有些疑惑的凪沙。

凪沙讶异得瞠目。

"咦！那么，大姐姐你就是牙城爸爸的……呃，家父的朋友吗？"

"是的。我被任命为第四次戈佐遗迹调查团的总顾问。"

莉亚娜小姐正经八百地说。这么年轻就能当上总顾问，表示她应该如外表所见是位干练的人，而且还是个美女。

"老爸发来联络信息时，老妈看着非常不高兴的原因就是这个吗？"

"别看牙城爸爸外表那个样子，却意外地受女生欢迎呢。"

古城和凪沙把脸凑近彼此，无奈地说起悄悄话。

"请问……有什么不对吗？"

莉亚娜略显不安地问。

凪沙用暧昧的笑容敷衍过去，然后规规矩矩地低头行礼。

"不，没事。啊哈哈哈。请你多多指教。"

3

在戈佐岛等待着古城等人的，是一辆加了轻装甲的军用四轮驱动车。车子在莉亚娜的驾驶下穿过位于戈佐中心地段的维多利亚市街,移动至岛的另一边。

戈佐是自然景观多彩多姿的观光地,同时也是评为世界遗产的古代遗迹岛屿。遗迹中特别有名的,则是名叫"吉干提亚"的巨石神殿。

"那是距今超过五千五百年以前——在新石器时代所建造的世界上最古老的神殿之一。根据岛上口传的说法,筑起神殿的是一名叫作桑丝娜的女巨人。吉干提亚这个名字意思就是'巨人之塔'。"

"你说……巨人啊?"

古城一边听莉亚娜说明,一边随口附和。不愧是调查团顾问,莉亚娜对于遗迹的知识量相当可观。但古城兄妹俩在这方面并非专家,所以对她的话有一半无法理解。

"在人类出现以前,名为巨人的生物曾支配过世界——这是世界各地都能读到的神话类型之一。希腊神话的泰坦、北欧神话的约顿、中国的盘古、旧约圣经的拿非利人——还有亚当、夏娃以及他们的子孙,根据记载都是超脱人类范畴的巨人。"

"那么,莉亚娜小姐和牙城爸爸就是在调查那些巨人的传说吗?"

坐在后座的凪沙从后视镜朝莉亚娜这么问了。

于是,莉亚娜露出有些疑惑的表情说:

"难道两位都没有听博士提过吗?"

"对啊。"

古城和凪沙一脸纳闷地点头。莉亚娜微微抿唇,自问似的嘀咕：

"是吗……这样啊……既然如此，博士为什么要……"

"呃，对了，莉亚娜小姐。"

也许凪沙判断换个话题比较好，于是语气开朗地唤了她。

"你那个手镯，该不会是——"

"手镯？你是指魔族登录证吗？"

莉亚娜举起左手，上头戴了一个比手表还要大一圈的金属制手镯。那是保障魔族安全的身份证，也是用来监视他们的发讯器，"魔族特区"的特殊装备——魔族登录证。

"果然是这样！那么，莉亚娜小姐是魔族啰？"

"是……是啊。我是战王领域出身的吸血鬼，也兼任这支调查团的护卫。"

莉亚娜回望惊讶的凪沙，神情显得有些惶恐。虽然说自圣域条约生效后已经过了四十年以上，但如今仍有不少人类对魔族感到嫌恶或害怕。莉亚娜大概是在担心凪沙他们得知自己的真面目后，会有某些反应。

凪沙却将莉亚娜的那层忧虑一扫而空，眼神发亮地说：

"哇，好厉害哦！我第一次和战王领域的人讲话。原来如此，毕竟这座岛是'魔族特区'嘛。牙城爸爸会有这么漂亮的吸血鬼朋友，真是令人惊讶。你们从什么时候就认识了？这座岛的日照很强，你不要紧吗？"

"咦？呃……那……那个……"

"……点到为止啦，凪沙。莉亚娜小姐都被你吓到了吧？"

古城看凪沙连珠炮般的发问，不得不开口制止。他带着苦

笑，对说不出话的莉亚娜低头赔罪说：

"不好意思，她话就是这么多。"

"……你们真有意思，不愧是博士的子女。"

莉亚娜轻叹一声后露出微笑。她看起来很开心，恐怕并不是古城的心理作用。

"虽然不是很明白，但你那句话绝对不算夸奖吧。"

"呵呵，对不起。"

莉亚娜看着生闷气回嘴的古城，嘻嘻笑了出来。那张不带防备的可爱笑容和她给人一丝不苟的第一印象正好相反。

"我们好像开过头了，这样没关系吗？"

古城回头看向逐渐远离的遗迹石壁发问。

"没关系。我们调查的并不是这座吉干提亚神殿。"

"意思是还有其他遗迹吗？"

"是的。去年，我们在离这里约两公里远的丘陵发现了地下坟墓，那里还没有正式的名称，私底下我们倒是管它叫'妖精的灵柩'。"

"地下坟墓？是墓地吗？"

"嗯。据推测，那恐怕是'圣歼'前后时期的遗迹。"

"'圣歼'……印象中，那是我老爸在研究的玩意儿？"

如此反问的古城不太自信。而莉亚娜则莫名有些脸红地点头。

"是啊。残留在世界各地起因不明的大屠杀及大破坏痕迹——那是相传由第四真祖引发的浩劫总称。"

"哦……"

古城他们的父亲——晓牙城，是一名考古学者。即使称为学者，但他并非窝在研究室翻找文献的知性温文派，而是那种走遍世界各国的纷争地带，并在战火动乱中掠取发掘品，行径和趁火打劫只有一线之隔的实地考察工作者。

而牙城研究的主题，是一个名为"圣歼"的事迹，是一桩在西欧教会圣经里亦有记载的历史性大事。

"不过，那只是传说吧。实际发生过那种事的证据，据说还没在任何地方找到……"

"嗯。假如只是个传说，那该有多好……"

莉亚娜却带着莫名忧郁的脸色嘀咕。古城对她的态度有些不解，不过在他提出疑问以前，载着一行人的车就离开公路干线，开进尽是岩石的荒野了。看来要去的遗迹就在前方。

"已经可以看到了，那就是调查团的营地。"

莉亚娜用力握紧方向盘说。由于车子开在地势起伏大的岩地，晃动得非常剧烈，似乎随便开口就会咬到舌头。

不久，他们抵达了营地。这里是一座用帐篷和组合屋拼凑出来的朴素营区，只停了几台挖掘用的工程机器，几乎看不见称得上调查设备的机具。

相对醒目的则是民营军事公司的警卫以及重武装装甲车。与其说是遗迹发掘现场，更像游击队的武装据点。

"感觉警备好森严啊。该不会埋了什么宝藏吧？"

"有那种东西的话，我们那个老爸大概会头一个吃干抹净然后开溜……"

凪沙和古城一边口无遮拦地各说各的，一边下了车。在这

之后——

"——你说谁会吃干抹净？"

有个男子忽然从后头搂住他们俩的肩膀。那是一名穿戴着破烂软呢帽和皮夹克，散发出酒臭和火药味的中年男子。

"牙城爸爸！"

凪沙仰望着好久不见的父亲，发出开朗的声音。牙城像是哄小孩似的将女儿轻松抱到头顶上说：

"哦哦，凪沙！还以为怎么会有天使待在这种地方，这不就是我的女儿吗！哈哈，来得好。一阵子不见，你是不是越来越漂亮了？"

"哎……牙城爸爸，这样我很不好意思啦！"

被抱起来的凪沙红着脸抗议。牙城带着一张晒黑的脸庞豪迈地笑着问：

"长途旅行很累吧？有没有碰到危险？"

"嗯。有古城哥帮我。"

"嗯……古城？"

这时候，牙城似乎总算才想起儿子的存在。他像是由衷不解地歪了头，淡然问道：

"哟，小不点。你怎么会在这里？"

"我陪她来的啦，陪同而已！总不能让凪沙一个人出门旅行吧！"

"……你来也帮不上任何忙就是了。"

牙城将娇小的凪沙放在肩膀上，手凑到下巴沉吟后咕哝：

"算啦。别来妨碍我工作哦，小不点。"

"你对我和凪沙的待遇差真多啊，臭老爸。"

古城狠狠地歪着嘴说。他倒不是不生气，只是对这个男人的毒舌也已经习惯了。只要当作父亲是把自己看成对等的男人，感觉也没那么坏。

"总之先开饭吧。这座岛的料理不赖哦，特产香肠和本地啤酒搭得不得了。"

"我们还未成年啦！"

牙城依旧乱七八糟的父亲德行让古城忍不住感到头疼。可是，该在这种时候率先开口纠正的凪沙，却难得地没有听他们父子俩对话。

"凪沙？"

"你注意到了吗……"

牙城察觉到凪沙状况有异，口气沉重地低声问了一句。

凪沙默默凝望着岩丘的丘麓，那里好像是神殿石窟的入口。

那是一座看上去平淡无奇的遗迹。红褐色的石灰岩被风雨侵蚀得惨不忍睹，也没有精巧的装饰。周围还看得见车辆被破坏的残骸散落各处，大概是发掘工程中发生过事故。

即使如此，那里仍弥漫着一股非比寻常的气息。

王者之气般的威迫感就像是在拒绝外人擅闯一般。

"那就是……遗迹吗？"

"嗯。'圣歼'的遗产——排行第十二的'妖精的灵柩'。"

"妖精的……灵柩……"

和死板遗迹并不搭调的那个字眼带着某种诗意，让古城在口中反刍其字音。

　　而凪沙像是被什么给迷住一样，一直默默地凝望着遗迹。

4

　　隔日凌晨——古城和凪沙在黎明前悄悄离开了营地，前往附近的森林。

　　淡水对于四面环海的马耳他而言属于贵重品。不过戈佐岛的水资源相对丰富，也有水质清澄的涌泉。

　　凪沙将身体泡到小小的泉水中。为了祓除污秽、令精神清灵，她正在沐浴。

　　虽说马耳他当地属于温暖的地中海型气候，但凌晨时分依旧相当冷。

　　凪沙身上只穿着薄薄的白色中衣。濡湿的布料紧贴肌肤，使她娇小的身躯看起来更小了。

　　"你要看好，别让任何人过来哦，古城哥！"

　　凪沙大声向在岩地死角待命的古城说道。

　　噢——古城无精打采地挥手应声。在这种远离人烟的荒郊野外，他倒不觉得会有变态来偷看小学生沐浴，可是凪沙一个人过来的话，他难免会感到不安。因此，古城还是选择了一起跟来。然而，凪沙却对体贴妹妹的哥哥说：

　　"古城哥，你也不能偷看哦！"

　　"谁要看啊！"

　　"哇！都说了不要转过来这边嘛！"

沐浴后正在换衣服的凪沙尖叫着丢了东西过来。古城才被湿毛巾盖住视线，就被皮靴直接砸到脸上，痛得死去活来。

"古城哥，你流鼻血了！下流！"

"是你拿鞋子砸我的关系吧！"

遭冤枉的古城强烈抗议。凪沙则在这段空当换完衣服。

她穿的是白衣搭配红裤裙、外披白褂的巫女装扮。乌黑长发用檀纸及花绳束了起来。

"久等了！好啦，我们走吧。这次来国外就是为了这个，要加油才行！"

"别勉强啦。其实你根本不需要帮老爸工作。"

古城按着鼻梁，用含糊的嗓音告诉她。

凪沙往上瞟了古城一眼，使坏似的露出微笑。

"嗯。不过，人家对这座遗迹也有兴趣。"

巫女装扮的少女连蹦带跳地走着，鞋底在脚跟下踏得沙沙作响。

"总觉得，这座遗迹充满了一股悲伤的气息。"

"悲伤气息？"

"就好像有什么人在独自哭泣一样。"

"唉……用了'灵柩'这种字眼取名，八成有什么人埋葬在这里吧……"

古城跟在凪沙后面朝营地走去。

营地入口站着一个体格壮硕的蓄须男性。虽然外表粗犷，倒没有什么威迫感。发现走来的两人，他肥厚的嘴唇上露出了亲切笑容。

"GAHO从日本叫来的小孩就是你们吧？"

男子用了生硬的日文攀谈。他提到的陌生单词让古城有些不知所措。

"……GAHO？"

"我是迪玛斯·卡鲁索，在工作上受过GAHO几次照顾。这里的当地人员中，目前就属我面子最大，多多指教。"

"你好。我老爸给各位添麻烦了。"

古城听出男子指的是牙城以后，就回握对方伸出来的右手。自称卡鲁索的男子貌似愉快地笑了。

"哈哈，话说那个小姑娘穿的是什么？没见过的礼服啊。"

"那是日式的巫女装扮。其实她没必要换衣服，不过那样穿好像比较容易融入情绪。"

"巫女装扮？原来GAHO的女儿是巫女啊……"

卡鲁索盯着笑得害羞的凪沙，发出感叹之语。

"她没受过正式修行就是了，顶多偶尔在祖母家的神社帮忙。她继承我母亲的过度适应者血统，所以我想多少能尽一份力。"

古城补充说明以后，凪沙就摆起架势表示自己会加油。

"原来如此，那还真可靠。毕竟超音波侦测和搜索魔法都对这座遗迹不管用，坦白讲，我们已经举双手投降了。接下来就万事拜托你啦。"

卡鲁索像是已经信服了似的点了头。

继承自祖母的灵媒素质还有母亲的过度适应者之力——凪沙兼具这两种天赋，成了极罕见的混合能力者。这便是牙城特地将她从日本叫来的理由。

凪沙的"过去透视能力"在之前曾好几次找出埋藏的遗迹位置，还能读通无法解读的古代碑文。基本上那些业绩全来自于大学或专门机构的义工委托。

其实，这还是乐城第一次打算将凪沙的能力运用在自己的工作上。也因为如此，古城才不禁担心。

听传闻所说，牙城似乎直到最后都反对叫凪沙过来。

不过遗迹调查团的赞助者却半强硬地联络了凪沙，牙城也只好不情愿地接受。换句话说，这次调查遗迹正是如此重要而危险，光看营地四周的森严警备也能隐约想象到。

"你也有通灵能力吗？"

身为警备负责人的卡鲁索随口问了古城。

"没有，完全沾不上边。我只是陪她来而已。"

"这样啊。哎，每个人都有自己的角色。你要好好保护妹妹。"

我会的——古城这么说着耸了耸肩，然后看向卡鲁索背着的冲锋枪。

"感觉你们的装备好夸张啊。'魔族特区'果然不太安全吗？比如治安方面。"

"没那种事。毕竟这里管理彻底，魔导犯罪的案件数要比其他国家少得多。"

卡鲁索像是要让古城他们安心，开朗地笑了。

"只不过这座遗迹里面的玩意儿……虽然我们也不太懂啦，好像挺有价值的。连战王领域都派了贵族小姐过来。"

"……贵族？难道莉亚娜小姐是身份不凡的人吗？"

　　古城惊讶地反问。战王领域的贵族，那便是被称为第一真祖的"遗忘战王"的直系纯血吸血鬼。他们在本国封有领地，并拥有自己的军队。

　　而且他们应该无一例外地驾驭着强大眷兽——力量凌驾于最新型战车或战斗机的召唤兽。综上所述，莉亚娜·卡尔雅纳正是这座遗迹中最强的护卫。

　　"对啊。我喝醉时不小心摸了她的屁股，差点就被宰了。那女人开不了玩笑。"

　　"你也够乱来的了，大叔……"

　　古城抬头看向笑着爆料的卡鲁索，只觉得傻眼到了极点。莉亚娜确实是个十分有魅力的美女，实际上却是战力足以比拟一支军队的强大吸血鬼。卡鲁索却对那样的女人做出性骚扰行为，大胆到这种地步与其说是豪迈，更像单纯的傻瓜。

　　"唉，遗迹四周都让结界保护得滴水不漏，要是有状况，军方的人也会赶过来，想要宝藏的盗墓团根本连接近的方法都没有。只要留在这块营地，坏人就碰不了你们兄妹俩一根手指，尽管放心。"

　　卡鲁索斩钉截铁地断言以后，就用力拍了拍古城的背。那手劲强得让古城猛咳，但他还是笑着点点头。

　　"我明白了。就靠你们了。"

　　"噢，包在我身上——"

　　年幼的日本人兄妹朝遗迹入口走去。

　　在遗迹中，牙城等人应该正等着他们抵达。

晓凪沙这名少女的能力要是有着预期的效果的话，发掘工程就会有飞越性进展。如果能回收那具"灵柩"的内容物，那么在这座遗迹的工作也就结束了。

"好啦……那我也打起精神回岗位上吧。"

卡鲁索伸展着僵硬的身体，绕了营地一圈。

时间大约刚过凌晨四点——

黎明前。据说这是灵能力者感觉最敏锐的时刻，同时也是最适合夜袭的时段。卡鲁索他们的工作接下来才要开始。

营地四周原本就有莉亚娜·卡尔雅纳布下的强力结界，即使再强大的魔族——不，越是强大的魔族，要靠近营地就越困难。正因如此，卡鲁索他们也能放心地将警备对象专心放在人类身上。

思索这些的卡鲁索目送晓家兄妹离开，自己却因忽然绊到了东西而停住脚步。卡鲁索看向自己的脚下，先前因为下雨而变泥泞的地面，冒出了像枯枝的棒状物体。

"这什么玩意儿？是尸体……吗？"

卡鲁索察觉那是干瘪的人类手臂，顿时倒抽一口气。

相较之下还算新的人类尸体就埋在营地之内。

为了确认尸体身份，卡鲁索蹲下了身子。然而就在那一瞬间——

"——！"

理应彻底干枯的尸体手臂，以惊人地气势袭向卡鲁索。

被抓破喉咙的魁梧警卫，连声音都没能发出来便毙命了。

5

洞窟内，和其死板外观形成对比的，是一座打磨得光滑的精美石室。

入口附近是爆破岩层时堆积起来的石砾，以及像是被巨大怪物抓过的醒目痕迹，不过其内部保存得几乎毫无损伤。

石室内部没有留下任何能辨别年代或文化的文字和装饰。要说这里建造于数千年，又或是说几年前才完工，倒也都能相信。这里就是这么一个不可思议的空间，也难怪调查会变得窒碍难行。

"这地方很漂亮啊。既然说是地下坟墓，我原以为会更阴森诡异就是了……"

初次目睹遗迹内部模样的古城，发自内心地感慨着。

石室中有微微的亮光，即使没有灯也能看出室内大致的轮廓。看来石壁本身似乎是由可以储存阳光并借此发出光亮的材质制成。

"与其称之为坟墓，这个建筑的构建目的更接近于神殿。"

站在队伍最后面保护凪沙的牙城一反常态地用了意外正经的口气说明。

"也就是说这里有古代的神明沉睡着吗？"

"神？"

牙城看似愉快地咕哝：

"倒也不算那么高洁的玩意儿啦。同样都是神，假如你指的是灾厄之神的话倒也差不多。"

"博士！"

莉亚娜语带责备地制止了牙城。可是，牙城天不怕地不怕地笑着摇头说：

"现在再隐瞒也没有意义吧。我又不是要吓唬他们，毕竟这是事实。"

"你说的是什么意思？"

古城瞪着父亲问。牙城仿佛在思索该从何说起，微微板着脸开口：

"第四真祖这个词，你听过吧？"

"就是那个叫'焰光夜伯'的家伙吧。印象中好像是统驭十二眷兽的梦幻真祖……"

古城当然知道那个名讳。毕竟那可算得上是所有人都听过的有名都市传说。想到这有可能是老爸在作弄自己，古城不禁感到一阵恼火。

牙城却用认真得可怕的表情沉重地对他颔首。

"没错。不具任何血族同胞，唯一而孤高的世界最强吸血鬼。他每到历史转折点便会现身，为世上带来了好几次屠杀及大破坏——人们之间是这么流传的。"

"可是又没有证据能证明他真的存在。现在连小学生也不会信那种灵异故事了。"

"证据是有，就在你们眼前。"

牙城说着指向石室内部。

在那里的是一道厚重石门，找不到接缝或可动处，看不出

该如何开启。要是胡乱将门爆破，很可能会连石室都一起崩塌而遭活埋。那是以惊人的高度技术造出的陷阱。

凪沙会被找来，大概就是为了找出这道门的线索。

"第四真祖睡在这里头？"

古城无意识地压低声音问。不过牙城却用毫无紧张感的态度笑着说：

"万一是的话不就有意思了？"

"你说什么啊？不要以那种胡闹的理由来乱挖宝贵的古代遗迹好不好！"

古城忍不住发火吼了父亲。在那个瞬间，声音悲痛地大叫的却是莉亚娜。

"这并不是胡闹！"

"莉……莉亚娜小姐？"

古城愕然回望对方。莉亚娜大叫的声音在广阔石室中回荡，留下一丝残响。也许她是对自己的失态感到羞耻，小声地道歉以后就沉默着低下了头。

"唉，大人有大人的因素，你别在意细节。"

用不负责任的口气说着的牙城似乎是要袒护莉亚娜。

"这里是地下坟墓的第三层'追忆之室'。之后应该还有一个房间，但封印得实在太严密，找不到入口，所以才需要凪沙跑这一趟——"

牙城说到这里，就将视线转向凪沙的脸庞。

这时古城才发现，平时话那么多的凪沙从刚才就一个字也没讲——

"凪沙？"

古城声音沙哑地唤了妹妹。可是凪沙并没有回头，瞳孔放大的双眼中不带情绪，只是呆滞地望着石室的门。

猛一回神，古城发现遗迹整体墙壁的青白色光芒已经变强了。透明度增加的石材像水晶一样，当中更是浮现酷似电子回路的巨大魔法图纹。

随后，凪沙口中冒出了陌生的异国语言。她似乎正在用那种语言和某人残留于遗迹当中的意志对话——

建造这座遗迹的人当然知道如何开启石室的门。凪沙是通过召出那些灵魂，想试着解除门的封印。

但由于接纳的灵体太过强大，凪沙本身的意识早就消失了。

现在的她不具自我，成了构筑遗迹管理系统的魔法回路的一部分。

"博士！这到底是……"

"遗迹好像重新启动了。毕竟之前也发生过遗迹守护像自行活动的事，我也料到魔力源应该还有作用，不过这比想象中的还要华丽。"

面对莉亚娜惊讶的疑问，牙城用了缺乏紧张感的态度回答。

凪沙的降灵状态还在持续。她仿佛受了什么诱导，一踏出脚步，石室的门就随之呼应而变得更亮。

随后，门毫无预警地消失，连一片石砾都不留。

门本身恐怕是通过操控空间的魔法被传送至异世界了。古城想都无法想象，要有多尖端的魔导技术才能办到那种事。

"连战王领域的魔导技师都解不开的封印，居然……在短

短一瞬间就……"

莉亚娜茫然嘀咕，眼睛则盯着还处在降灵状态的凪沙。

巨大门扉消失，通往遗迹深处的通路现出踪影。

"唔哦……这里头好冷！"

从通路吹出了连呼气都会变白结冻的强烈寒气，让牙城夸张地打起哆嗦。

由于大气急遽变冷，遗迹内部开始漫上浓雾。凪沙走向通路深处，像是要融入那一整片雾当中。

"凪沙！"

古城急忙想阻止，但牙城出声打断了他。

"慢着，古城！别接近她！"

"可是凪沙她……"

"这里就交给那家伙吧。至少降灵似乎成功了，随便让她恢复神智反而危险。"

"唔……"

当场打消念头的古城紧咬嘴唇，尽管不甘心，但父亲说得对。现在古城能做的只有拼命跟上凪沙，避免把她跟丢。

穿过浓雾笼罩的通路以后，前方就是最后一个房间。

那是一个几乎呈圆形的高顶房间。包裹着房间深处的祭坛外围的，是一层极地冰河般的巨大冰块。而在那具冰棺当中，睡着一个娇小人影。

和凪沙身高相仿的少女。

肌肤洁白剔透，稚嫩的面孔端正得不像人类。色素淡薄的金发反射着光芒，发出像是彩虹一般的光芒。

"那就是'妖精的灵柩'？她……死了吗？"

古城仰望着少女嘀咕。

睡在冰棺中的少女模样确实让人联想到封在透明琥珀里的妖精，同时也是能让人感受到某种不详气息的美丽妖精。

纵使她是第四真祖——世界最强的吸血鬼，想来也不可能在这种情况下存活。尽管如此，石室里的所有人都发现了，遗迹的魔力供给源就是冰棺中的这个少女，也正是她在呼唤凪沙。

"总算找到了……第十二号的'焰光夜伯'！"

莉亚娜望着少女喃喃自语。

古城不懂莉亚娜话里的意思，但他觉得那刻板的头衔感觉和睡在冰棺中的虚幻少女并不相衬。

无数尖锐冰柱围着冰棺，阻隔了有意接近少女的人，看上去就像守护其安眠的荆棘。

"简直像睡美人嘛……"

古城无意识地说出想到的字眼。没错，囚禁在冰棺中的孤独少女比起吸血鬼，反而更像童话中命运悲惨的公主。

有这种想法的似乎不只古城。

莉亚娜望着古城的脸庞，露出了白色花朵般清纯的微笑。

"睡美人……弗洛雷斯坦国王的女儿——奥萝拉吗？"

"不错嘛。比起用单调乏味的编号来称呼，那样会更加富有诗意。"

牙城用了和年纪不搭调的词来夸奖。古城感觉到有些羞耻，便向毫无紧张感的父亲吼道。

"现在哪是说这些风凉话的时候！这样下去连凪沙也会结

冻的！"

"嗯……也对……"

牙城没有否定儿子的意见。

来到冰棺前的凪沙正逐渐被寒雾笼罩。关住少女的冰棺也许是打算直接将凪沙一起纳入冰层当中。

不然就是少女为了让自己复活，正打算利用这个机会吸尽凪沙的灵力——

牙城明白那一点，却没有要救凪沙的动作。何止如此，他更吩咐：

"卡尔雅纳小姐，这里可以交给你吗？"

"老爸！"

看牙城忽然背对凪沙，古城这次真的无话可说了。

身体在思考前先有了动作。古城握紧小小的拳头，打算痛扁父亲。

不过古城没能阻止父亲。在他出手以前，整座遗迹开始摇动。巨锤撼地般的冲击造成摇晃，让古城失去平衡摔了一跤。

"……地震吗?!"

整间石室轧然作响，零星沙砾从上头撒落。地面的摇晃没有持续太久，强风取而代之地吹了进来——那是混有火药味的爆风。

这阵冲击似乎成了契机，凪沙的降灵状态已经解除。裹着巫女装束的娇小身躯无声无息地当场倒下。

"博士，刚刚的是……"

莉亚娜神情严肃地瞪向背后。

"嗯……状况好像变得有点麻烦。"

牙城卸下背在背后的无托式军用自动步枪，并解除安全装置。在一旁的古城不由得被父亲突然转变的异样气场吓住了。

"抱歉，古城。凪沙拜托你照顾，我立刻就回来。"

"老爸！"

还未了解情况的古城，只能目瞪口呆地目送牙城迅速离去的背影。

现场的气氛让他想起卡鲁索等人守卫营地的严峻。有人觊觎这座遗迹是从一开始就明白的事情，只不过古城没有理解那一点而已。

明知会有危险，牙城却还是把凪沙叫来了这种地方——

"可恶！那男的到底在想什么！"

古城用力捶了地板。

莉亚娜难过地垂下视线，蹲到他身边。

"……很抱歉将你们扯了进来。不过，请你别责怪博士。那一位是心里最难受的人。"

"这座遗迹是什么玩意儿？难道不是普通的地下墓地吗？你们说的第十二号'焰光夜伯'到底是——"

古城逼近到莉亚娜面前问道。

撇开问题的莉亚娜制止了他，静静地释放出杀气。

"这件事之后再提。古城，请你后退。"

"咦？"

莉亚娜解开左腕上的登录证，瞪着遗迹入口。她的眼睛深红发亮，唇缝露出獠牙。

古城想起她的真面目。莉亚娜是战王领域的贵族,"旧世代"的吸血鬼。

"——对方来了。是敌人。"

莉亚娜话还没说完,众多人影已涌入石室。

来者的模样让古城说不出话,因为他认得那些人的脸。

炸开遗迹入口强行闯进来的"敌方"士兵——

身穿防弹装甲、以枪械武装起来的他们,正是之前守卫营地的民营军事公司的警卫们。

6

调查团营地陷入了火海,车辆和采掘用工程机器悉数遭到破坏,连和遗迹无关的宿舍及帐篷也都被烧毁。

"噢噢……干得很轰动嘛。"

从地下坟墓来到外头的牙城咬牙切齿。

敌人的真面目不明,能想到的对象太多了。不希望第四真祖复活的人并不只人类,魔族当中也大有人在。这在"战王领域"内部也是一样。

"难道说卡尔雅纳小姐的结界被打破了? 能够做到那种事的,应该只有和卡尔雅纳家同等级或是在其之上的吸血鬼……不对……"

事情不对劲——牙城皱起眉头。

听命于莉亚娜·卡尔雅纳的眷兽有三匹——

保护营地的结界本身就是其中一匹幻化而成的。遭到足以

打破结界的攻击，身为宿主的莉亚娜没道理浑然不觉。

而且死者人数极少这点，也让牙城感到在意。

受害状况这么严重，地上却几乎看不见尸体。如果只有调查团的学者，倒还可能集体跑去避难，可是连民营警备公司的警卫也全部放弃职守，就令人匪夷所思了。

基本上，就连敌兵都不见人影——

牙城压低重心，毫不松懈地走出遗迹。

而蓄胡的魁梧警卫在这样的他面前冒出来。

"牙城！太好了，你没事啊。"

"卡鲁索吗……发生什么状况了！"

牙城瞪着从岩地死角现身的卡鲁索问。看来卡鲁索似乎受伤了。他穿在身上的战斗服被流出来的血染成了污黑一片。

"抱歉，我们被杀了个措手不及。结界被打破以后，营地就成了这副模样。虽然我们勉强将敌人击退了，但伤患实在太多。牙城，你能不能帮个忙？"

"也好。我会帮忙的……不过，在那之前——"

牙城带着哀伤神色看着用无助的口气报告的朋友。

随后，他将步枪枪口指向卡鲁索的胸膛。

"牙城……"

卡鲁索吓得瞪大眼睛，牙城却不予理会地扣下扳机。

发射的子弹不偏不倚打穿了卡鲁索的右臂，鲜血飞溅，他拿着的枪也掉到地上。

"你这是……做什么？晓牙城！"

卡鲁索用毫无生气的眼睛瞪着牙城。牙城以软呢帽缘盖住眼睛，压抑着怒气低声说：

"别演那种三流戏码了，该死的恐怖分子。正牌的卡鲁索不可能将我的名字讲得那么标准……况且现在的你，身上满是尸体臭味。"

"唔……"

卡鲁索——曾是卡鲁索的行尸，貌似动摇地发出短短低喃。

意识到下方有异状的牙城用步枪直接朝脚下连续扫射，葬送了准备从地面爬出的其他尸体。

"死灵魔法……原来如此。我还纳闷你们是怎么打破结界的，结果在调查团抵达以前，尸体早就埋好在这里了。你就是让那些死尸苏醒，从结界内对营地发动攻击的吧——"

牙城一边击退不停冒出的行尸，一边咕哝。

尸体没有体温及脉搏，也不会发出杀气。面对已遭埋葬的尸体，再优越的监控系统也无用武之地。由于地点接近储存有强大魔力的地下坟墓，来到发掘现场的魔法师们也没能察觉到尸体的气息。

敌人的陷阱设得高明。莉亚娜那道从外侧无法打破的结界，也防不住一开始就潜伏在营地里的敌人。

"操控死灵魔法的恐怖组织——这种手法我听过，是黑死皇派吗！"

"亏你能看穿。不愧是人称'冥府归人'的晓牙城……但已经太晚了！"

操弄卡鲁索的魔法师用他的嗓音嘶喊。

那阵喊声变成信号，新的一批行尸又从地下冒出来。那些

长着厚毛皮的身躯显然并非普通人类的尸体，牙城发射的步枪子弹也被其强韧的肌肉弹开。

"居然还有兽人的行尸！"

新敌人的攻势压境而来，使得牙城阵阵后退。纵使成了行尸，兽人的肌力和体能依旧是威胁。

黑死皇派是"战王领域"的恐怖组织名称。

这支好战的派阀提倡兽人优势主义，反抗让吸血鬼的"夜之帝国"支配，更诉求要毁弃旨在让人类和魔族共存的圣域条约。他们的领导者自称"黑死皇"，身为兽人却精通死灵魔法，不断在世界各地展开种种恐怖攻击行动。与他们为敌要比牙城预料的最坏状况还糟。

"蠢货……你们是知道这座遗迹有什么才发动袭击的吗！"

"我不知道，而且也不感兴趣。"

操纵卡鲁索的男子将牙城的问题丢到一边。

"不过我知道，那些肮脏的吸血鬼真祖对这座遗迹抱着非比寻常的关心，甚至派了卡尔雅纳家的继承人过来监督——光是如此，我们就有充分的理由烧光这里！"

"啧……"

牙城的脸色显得愈发焦躁，对方的目标果然是遗迹。可是，他不能让这群家伙进去那里。遗迹里还有凪沙和古城在。

死灵魔法师用卡鲁索的嗓音笑了。

"别担心。沉睡在这座遗迹的宝物，我们会充分利用。等你变成尸体之后，我就会从你的脑子里挖出所有和遗迹有关的知识——"

"用你那快腐烂的脑袋理解得了我所拥有的知识吗？"

牙城设法令行尸瘫痪以后，步枪的弹药也用尽了。他抛开已无用处的步枪，从外套背后抽出新的枪械—— 一把短枪身的霰弹枪。

"抱歉，卡鲁索……我没能救你一命！"

"呵……你以为那种豆粒大的子弹拦得住这副身躯——"

化为行尸的卡鲁索用魁梧身体冲向牙城。要是直接硬碰硬，哪怕是牙城也承受不住其来势凶猛的撞击。

然而牙城并没有闪避，他用霰弹枪的枪口对准卡鲁索扣下了扳机。

从霰弹枪射出的霰弹攻击范围广，相对的在贯穿力就略逊一等。那应该无法拦下已成为行尸的卡鲁索。

可是——

卡鲁索发出凄厉的惨叫倒下了。

在魔法师的支配下获得解放、变回普通尸体的他，就这么闭着眼睛停下动作。

取而代之的是从附近的岩地出现的一道踉跄身影。那是操纵卡鲁索的死灵魔法师本尊。他一面痛苦呻吟，一面用憎恨的目光对着牙城。

"这是对付魔族的银钯合金所制的箭状弹，对你的灵体同样有效吧？"

牙城又装填新子弹，嘴里说得冷静。

他用的子弹是存有咒力的魔弹。塞在弹身中的小型箭状弹不只打在行尸化的卡鲁索肉体上，更对操纵其身躯的魔法师造

成了直接的伤害。

"你……你这家伙！区区人类也敢伤我的身体！"

男子擦掉从额头滴落的鲜血大吼。他全身的肌肉顿时隆起，转变成巨大野兽的样貌，是个有着漆黑毛皮的高大兽人。

"使用死灵魔法的兽人……"

牙城愕然得表情冻结。兽人拥有强韧肉体，罕有特地学习魔法的事例。假使有例外，也该是少部分具备先天性强大魔力的兽人种族。在黑死皇派的恐怖分子当中，有此等力量的就是黑死皇本人以及另一人——

"你该不会是'死皇弟'——葛兰·哈萨洛夫！"

"知道我的名讳，值得夸奖！你就带着这份荣誉下地府吧，晓牙城！"

漆黑兽人发出咆吼。牙城立刻架起霰弹枪朝他开火。

发射出的无数箭状子弹却被兽人以压倒性的反应速度全数躲开了。他直接以无法目视的速度扑向牙城，用强烈的膝撞招呼过来。

"唔哦……"

挡住那一脚的霰弹枪被踢断，牙城痛得表情扭曲。骨头碎裂声沉沉响起，呕血的牙城被踹得往后飞去。

延烧的火势笼罩营地，黎明前的天空被染成了深红。

7

"嗯……"

被古城抱在臂弯里的巫女装少女低声呻吟着动了身子。

长长睫毛颤了颤，睁开眼睛。尽管眼睛还有些失焦，但双眸已经恢复了以往的神色。看样子降灵状态已经解除了。

"……古城……哥？"

"你醒了吗，凪沙？虽然好不容易醒来，你还是闭上眼睛比较好。"

古城努力表现得平静，对因周遭情况而有些动摇的妹妹这么说。

被囚禁在巨大冰块中的金发少女、令人联想到荆棘丛的无数冰柱、地下石室、入侵进来的众多士兵——

还有从化为行尸的大群警卫手中保护着古城他们的美丽女吸血鬼。

她原本梳得整齐的头发乱成一片，全身上下被敌人的血溅湿，而且她自己似乎也负了伤。不过偷袭遗迹的行尸已经全部被击毙，变回原本的尸体了。

"旧世代"的女吸血鬼只身歼灭了数十具行尸。

要不是得保护古城兄妹俩，她也不会受伤吧。压倒性的战斗能力不辱"战王领域"的贵族之名。

"莉亚娜小姐……"

"对不起。这稍微费了点手脚。"

莉亚娜察觉到凪沙虚弱的呼唤声，看似困扰地微笑了。

在她左右两旁，蜷伏着两头猛兽。

那分别是带着金色和银色光泽的巨狼，体长应该都有三四米。他们明显不是寻常生物，而是浓密得足以拥有实体的魔力

聚合物。

"眷兽……"

"是的。我们吸血鬼畜养在血里的召唤兽……具备意志的魔力聚合体。哪怕恐怖分子来得再多，只要有斯库尔和哈提它们在，敌人绝对动不了冰棺和两位。请你们放心。"

"恐怖分子？"

古城反问莉亚娜。为什么号称恐怖分子的人会来攻击这种地处边境的遗迹——他不明白其中理由。

莉亚娜沉默了一会，思考好该如何作答后回应道：

"对方恐怕是黑死皇派——兽人优势主义者。那是一群号称兽人在魔族当中才是最优越的种族，还要求毁弃圣域条约的国际通缉犯。"

"为什么那种人会找上这座遗迹？"

"他们八成知道这里是和'焰光夜伯'有关的遗迹吧。因为对兽人优势主义者来说，吸血鬼真祖是他们最憎恨的敌人。"

听了她的话，古城恍然大悟地倒抽一口气。

"这样吗……假如奥萝拉真的是第四真祖……"

"嗯。对那些人来说，她应该是值得他们赌命摧毁的目标。"

莉亚娜说着叹了气。

其实她应该是想立刻赶去支援牙城，但恐怖分子盯上了这里——"妖精的灵柩"的本体，作为调查团最强的战斗力，莉亚娜不能轻易离开。

"你们说的奥萝拉是……"

凪沙一脸疑惑地发问。古城微微笑着，指向后头的冰棺。

"就是睡在那里的公主名字。莉亚娜小姐取的。"

"是这样啊……"

凪沙仰望着被囚禁在冰棺的少女，温柔地眯起眼睛。

"怎么了？"

"没有。总觉得，她好像很高兴……"

"她？奥萝拉吗？"

感到微微不安的古城瞧了瞧凪沙的脸。他以为降灵状态已经解除，但似乎不是那么回事。说不定凪沙和奥萝拉到现在还共有着部分意识——

当古城对这个假设感到一股说不出的恐惧时，凪沙全身忽然僵住了。她猛烈发抖得像是在害怕，并紧紧依偎着古城。

"……凪沙？"

"有东西……要来了……这是什么……不要……好恐怖……古城哥，快逃！"

"凪沙？喂！"

妹妹的异常反应让古城大感混乱地环顾四周。就在下一瞬间，伴随着轰炸般的巨响，石室的外壁坍塌了。

高大兽人踹开落下的瓦砾现出身影。

长着漆黑毛皮的狗头兽人——身高应该近三米。由于那超乎常理的庞大身躯，他无法利用一般的通道进入遗迹。

"——原来你在这里，莉亚娜·卡尔雅纳。"

漆黑兽人瞪着女吸血鬼，嘲弄似的大笑。

"你居然让区区人类代你战斗，自己却像只野兔一样躲在地窖中发抖。不愧是以怠惰软弱闻名的卡尔雅纳伯的女儿，和当家的一样胆小。"

"……住口，禽兽！不准你再侮辱我父亲！"

莉亚娜红着脸大吼。看来兽人是知道她的底细才出言挑衅。莉亚娜的反应正如期待，让兽人满意地笑道：

"别逗我发噱，小丫头。凭你能做些什么？和晓牙城交手都比你来劲。"

"——啃碎他，‘日蚀狼’！"

牙城已经死了——兽人意有所指的这句话，彻底从莉亚娜身上夺走了冷静。她怒不可遏地命令自己的眷兽冲向兽人。

吸血鬼眷兽是强大的魔力聚合体。即使兽人拥有强韧肉体，和眷兽硬碰硬也招架不住——任何人都如此笃定，除了一个人，那便是兽人自己。

"你以为凭这种程度的眷兽奈何得了‘死皇弟’吗——！"

漆黑兽人只用右臂就挡下了莉亚娜那匹化为闪光猛冲而来的眷兽。他制住眷兽的动作，打算直接将它拍烂。

"什……"

难以置信的光景让莉亚娜呆立不动。兽人光凭肉身就和眷兽斗得不分上下——不可能会有这种事。

当着惊讶的她面前，漆黑兽人逐渐变换形体。

变成彻底的猛兽，而非兽人——

如今，他全身膨胀成好几倍大，肉体更笼罩着一层浓密魔力，和莉亚娜的眷兽几乎对等——不，猛兽的魔力还在它之上。

"难道是……神兽化！"

莉亚娜察觉男子力量的真面目，不禁发出惊呼。在兽人当

中，也只有极少数高阶兽种才具备这种特殊能力。他运用庞大魔力将自己的肉体暂时转变成神兽，转变成足以匹敌天使或龙族的神话生物——

"我和你这种不借助召唤兽力量就什么也办不到的吸血鬼不同，我们可是吞下巨人心脏而降生的魔狼后裔，因此兽人才是最高阶的魔族！好好体会地上最强种族的力量吧！"

"大言不惭！咬碎他，'月蚀狼'！"

从动摇中重整阵脚的莉亚娜下令要另一匹眷兽攻击。

那是放弃了防御的舍身攻击。以两匹眷兽接连的猛攻，逼退了神兽化的敌人。但是——

"嘎哈哈哈哈哈！虽说已经家道中落，到底是战王领域的贵族，够顽强！不过，终究是我们赢了！"

"你还不服输——！"

莉亚娜皱着脸，将魔力释放到濒临极限。

她的视野因而变窄，应对危机的能力也变得迟钝。

仿佛正等待着这一刻，数具行尸从石室里堆积的瓦砾中冒出，杀向毫无防备的莉亚娜本人。漆黑兽人特地破墙现身就是为了让尸体埋伏在瓦砾之下。

"行尸——！"

"已经迟了，莉亚娜·卡尔雅纳。"

兽人骄矜地大笑。

吸血鬼会被称为最强魔族，是因为他们拥有眷兽这张压倒性王牌。就肉体本身而言，吸血鬼在魔族中反而属于脆弱的类别，何况莉亚娜还是纤瘦的女性，在体格上并无优势。

被行尸化的警卫持枪开火，没有眷兽护卫的她根本无从抵御枪弹的袭击——

"莉亚娜……小姐！"

行尸们扫射的子弹贯穿莉亚娜的身体，凿穿她的心脏。

古城只能呆呆地看着那一幕。

即使是年幼的古城也能一眼看出，"旧世代"的吸血鬼在受了这种重伤后也无法再生。那毫无疑问是致命伤。莉亚娜已经回天乏术——

"啊……"

凪沙的喉咙冒出声音。

莉亚娜的身影摇摆不稳。她眼里盈上泪水，发青的嘴唇编织出微弱字句。

"对不起，博士……我……"

那声音并未传进古城他们耳里，就被兽人的咆吼掩盖过去。

神兽化的漆黑兽人将失去宿主的两匹眷兽一脚踹开。眷兽们维持不了实体，庞大的魔力顿时四散爆射，受到冲击的遗迹开始崩塌。

浑身是血的莉亚娜缓缓仰身倒下。

"噫……呀啊啊啊啊啊啊啊啊啊啊啊——！"

凪沙仰天尖叫。残留在遗迹内的浓密魔力、战斗的余波，以及莉亚娜倒下时的意念正连绵不断地涌入年幼巫女体内。

漆黑兽人冷冷瞥了痛苦的凪沙一眼。

不过，他像是立刻失去兴趣似的抬起头。年幼的人类兄妹俩不值得特地下杀手——他大概是这么判断吧。

"第四真祖吗——"

兽人盯着古城他们后头的冰块，以及沉睡其中的少女。

由于莉亚娜的眷兽失控，巨大冰棺已经半毁，少女的部分肉体接触到外界空气。

但少女并无觉醒的迹象。囚禁在冰中的亡骸没有道理醒来。

"我对遗迹的真伪没有兴趣，不过光是莉亚娜·卡尔雅纳肯赌命保护这里，就有足够的摧毁价值了……幼小的兄妹啊，诅咒自己刚好在场的不幸吧。"

在兽人把话说完以前，行尸们已举起枪口。

他们应该是打算集火将少女的肉体粉碎得再也无法复活，即使明知在她旁边的古城和凪沙也会遭受波及——

"啊……啊……"

古城搂着痛苦的妹妹拼命抵抗绝望。牙城没有回来，莉亚娜也死了，已经没有人能保护他们。面对凶狠的兽人及众多行尸，古城不可能有办法对抗。

即使如此，他还是不能死心。非保护凪沙不可，快想想——古城催促自己。快想想快想想快想想，要怎么做才救得了凪沙？要怎么做——

时间却不等古城做出决断。

"'焰光夜伯'的传说将在此告终——碎尸万段吧！"

在兽人的命令下，行尸们扣下扳机。随后枪口同时冒出了火花。

8

昏暗的遗迹中满是浓雾、硝烟及碎冰。

那是行尸们集火后所造成的惨状。

被囚禁在冰块中的少女亡骸应该已在弹雨下成了零碎的肉片。即使她真的是第四真祖，也不会再苏醒才对。

当然，死皇弟——葛兰·哈萨洛夫并不相信第四真祖真的存在，所以反倒不介意对方是假货。

黑死皇派消灭了被誉为世界最强吸血鬼的第四真祖——只要能留下这项事实就够了。莉亚娜·卡尔雅纳曾保护遗迹一事也会提升传闻的可信度吧。

这样一来，恐怖组织"黑死皇派"就会更加威名远播。

尽管代价说来绝不算小——

"结束了吗……"

哈萨洛夫嘀咕着擦去嘴角盈出的血。

他的侧腹到背部都有遭魔法火焰烧伤的鲜明伤痕。那是和晓牙城交手时受的伤。那男的身为人类却让哈萨洛夫倍感棘手，最后更用咒式弹还以痛击。

在身负重伤的状况下神兽化令哈萨洛夫的寿命大幅减少。和莉亚娜·卡尔雅纳的这一战，他赢得绝不算手到擒来，那个时候，他反而被逼得非借助行尸的战力不可。即使如此，哈萨洛夫胜利的事实仍旧不变。

费力击毙强敌的实在感让他亢奋无比。

然而，像是要对志得意满的他泼冷水似的，浓雾里传出微微呼唤声。

"古城哥！古城哥……张开眼睛，古城哥！求求你……"

声音的主人是身穿巫女服的东洋少女。她搂着应为哥哥的少年身躯，拼命想要唤醒他。

不过任何人都能看出那是白费力气。

少年的身躯在弹雨之中变得血肉模糊，胸膛伤得尤其严重。即使是再生能力杰出的吸血鬼，受了那种伤势应该也无法得救，更别说是一个普通的人类。

在这种状况下，妹妹能活下来反而令人讶异。行尸开火时应该已确实将他们收拾——

"原来如此……你挺身保护了自己的妹妹吗？我欣赏你的气概，少年。"

哈萨洛夫俯望着丧命的东洋少年，发出感叹之语。

少年恐怕是在遭到扫射前奋力推开了妹妹的身躯，让她退到石室边缘的火线死角，他自己则成为诱靶，一举承受行尸的扫射。

幸而妹妹无恙。虽然不到毫发无伤的程度，但只受了能保住意识的轻伤。

不过，结果是少年直接挨了枪弹，在冰棺正面受到了集火射击。

"尽管愚蠢无谋，我仍然认同这是勇敢的举动。不过很遗憾啊，人类的肉体终究是如此脆弱——"

哈萨洛夫看似同情地说完，再次让自己变身为巨大的神兽。

少年的肉体经过那样扫射却还保有原型，让哈萨洛夫感到挂心。

既然如此，第四真祖的肉体也可能还保留着。为避免事有万一，要将那彻底烧光才行。

"——别担心。这次我会给你们一个痛快！"

哈萨洛夫对东洋少女如此宣告，然后残酷地笑了出来。

漆黑兽人体内正逐渐凝聚惊人的魔力。他打算以强大的神兽烈焰消灭这座遗迹的一切。

然而，在施展攻击的前一刻——哈萨洛夫脑中冒出了些许疑问。

那个少年为什么会站在冰棺的正面？

他应该知道行尸们瞄准的是冰棺。即使要保护妹妹，他也不必刻意承受扫射。

难道，少年想救第四真祖？

不，那更不可能。他光要保护妹妹就耗尽心力了，照理说不会有那种心思。没错，他是想救妹妹，哪怕得牺牲自己。

那样的他会自寻死路的理由是什么？

即使妹妹在最初的扫射中存活，也无法保证能得到一条生路。可以料到的是八成还有别人会对她下杀手，就像哈萨洛夫现在想做的一样。

真的想救妹妹，少年就非得活下来。

莉亚娜·卡尔雅纳已经不在了，除了身为哥哥的他，没有人能拯救妹妹。

那么，假如少年知道有人或许救得了他的妹妹——

"第四真祖……"

哈萨洛夫持续充填魔力，嘴里不自觉地低喃。

"第四真祖的亡骸去了哪里？"

哈萨洛夫命令麾下的行尸展开搜索。第四真祖的亡骸——理应囚禁在冰棺中的少女，不见了人影。

"少年……你……"

不会吧——哈萨洛夫声音颤抖。

莉亚娜的眷兽在当时失控，冰棺因而裂开，少女的亡骸暴露在棺外。

万一她就是真正的第四真祖，据传受神诅咒的身躯是不灭的，在任何微妙的契机下复活都不奇怪。而那微妙的契机——

比方说，如果有人类愿意成为祭品，将自己的血献给她——

"那都在你的计算当中吗？你料到自己被扫射的血肉会溅到第四真祖身上！"

接着，哈萨洛夫总算发现了。

之前被囚禁在冰棺中的少女并不是消失，只是被隐藏起来了而已。

潜伏在血肉横飞的少年肉体底下，沉入他所流出的血洼当中——！

"奥……萝……拉……"

理应绝命的少年似乎唤了什么人的名字。

随后，忽然涌出的骇人寒气笼罩了遗迹内部。

"这是怎么……回事……"

哈萨洛夫吓得表情扭曲。

　　浑身是血的少女搀扶着少年的伤躯站了起来。

　　只穿着粗糙薄衣、像妖精一样的少女。

　　她那散发着七彩光彩的头发飞腾如火，睁大的双瞳绽放着焰光。

　　被她四散的寒气扫过，冻结的行尸陆续粉碎了。

　　连神兽化的哈萨洛夫也差点折服于那强横的魔力。

　　"没用的。就算你是真正的第四真祖，才刚觉醒的你不会是我的对手！"

　　哈萨洛夫发出咆哮。他将凝聚的魔力彻底解放，爆发出最大规模的烈焰。

　　那是连吸血鬼的眷兽都能一击消灭的、经压缩的魔力业火。

　　以这座遗迹为中心，半径数百米内都将不留痕迹地化成灰。这是一种自杀式攻击，连哈萨洛夫自己都无法全身而退。

　　可是，那波必杀的漆黑烈焰却被有着焰光之瞳的少女轻易接下。

　　浮现在她背后的，是冰河般剔透澄澈的巨大身影。

　　上半身近似人类女性，下半身则是鱼尾，而且背后长着翅膀，指尖跟猛禽一样是锐利钩爪。冰之人鱼，或者说是妖鸟——

　　摇曳如蜃景般的异界召唤兽。

　　"居然是……眷兽！"

　　少女唤出的眷兽将漆黑烈焰完全消灭了，而且多余的魔力更化成极寒涡流，让神兽化的哈萨洛夫瞬间冻结。

　　那是降温至绝对零度以下，使物质无法维持自身形态的负温领域——

"怎么……可能……世上……不可能容许……这等惊人力量……"

哈萨洛夫的意识只维持到这句话末尾。

他的肉体消灭得连灰都不剩，而他们所待的遗迹也开始崩塌——

"古城哥……"

晓凪沙在逐渐崩塌的石室中气若游丝地嘀咕。

随后，一切事物都被吸进了白茫茫的幽暗之中——

9

在炫目的朝阳照耀下，晓牙城醒了过来。

海平线已经染成蓝色，天空即将破晓。

牙城遍体鳞伤。爱穿的皮夹克破得像烂布，被血渍沾染成红黑色。或许是失血过多所致，他觉得很冷，但他仍然活着。

牙城又活了下来。众多同伴死去，唯有他活着。

"——看来你恢复意识了。"

躺在坚硬岩地的牙城头上传来了关切之语——有些咬字不清的女性嗓音。

牙城想将头转到声音传来的方向，因而低声发出呻吟。

光是动下手指，全身就一阵剧痛，身体似乎到处都有些问题。即使如此，他仍硬撑起上半身，亲眼确认嗓音的主人模样。

那是个穿着镶满荷叶边的豪华礼服，身材娇小的东洋人。有副瓷偶般的标致容貌，并留着长发。令人感到奇怪的是，现

在明明还是清晨，她却撑着阳伞。

与其说年轻，那张脸更应该形容成"稚嫩"。然而从她的气质却能感受到一股奇特的威严及领导魅力，恐怕年纪和外表并不相符。

"——你还不要动比较好，左手已经骨折了。基本上，对付'死皇弟'还能只受这点伤并且生还，看来你的好运名不虚传啊，'冥府归人'晓牙城。"

对方提起那个让牙城生恨的头衔，使他不满地咂嘴。

总是从许许多多危险的遗迹独自生还——这就是"冥府归人"这个绰号的由来。借由这种形式成名令人并不愉快，但既然是事实，牙城自己也无话可说。

"那套服装……这样啊，你就是南宫那月，专杀魔族的'空隙魔女'？"

牙城抱着还以颜色的心态，也刻意叫了对方的外号。身穿礼服的娇小少女却只是嘲弄般低声呵呵笑了。然后，她略显悲伤地垂下视线。

"我受了战王领域的'蛇夫'委托，正在追捕黑死皇派的残党。抱歉，要是我早点赶到就不至于造成这么大的伤亡。"

"不……毕竟这座遗迹用结界做了魔法方面的隐蔽措施，你找不到也是当然的。"

牙城说着无力地摇头。发掘调查"妖精的灵柩"是"战王领域"和日本政府间仅有少数人知道的极机密计划，他没理由责怪那月和其他任没有及时施以援手。

"调查团有二十三名生存者——算起来地上的工作人员大

约有一半顺利避难了。多亏有你拖住'死皇弟'争取时间。"

那月报告得淡然，像是要为落魄的牙城打气。

牙城随意耸了耸肩，将视线转向遗迹原本的方位。

地下坟墓因巨大魔力冲突而崩陷，如今已经不留原样，要修复内部几乎无望。

"卡尔雅纳小姐呢？"

"你是问卡尔雅纳伯的女儿吗……很遗憾——"

"这样啊。"

牙城短短叹息。在营地结界消失时就能料到莉亚娜的死了。她保护的古城和凪沙大概也没能得救吧。

"受了你许多照顾，谢啦，那月美眉。"

牙城语气平淡地说完，然后带着空虚的笑容站了起来。

"别叫我'美眉'，晓牙城。况且你没道理向我答谢。"

"——打倒哈萨洛夫的，不是你吗？"

牙城困惑似的反问。

眼里不带感情的那月静静摇头。

"我是在一切都结束以后才进入遗迹的。除掉'死皇弟'的并不是我。"

"既然如此，那会是谁？难道他是和卡尔雅纳小姐同归于尽了吗……"

牙城说到一半便浑身战栗。

莉亚娜和"死皇弟"葛兰·哈萨洛夫交手后就死了，但除了身为吸血鬼贵族的她以外，没人能击毙哈萨洛夫。另一种可能则是——

"我所做的，只是将活埋在地下的孩子们带出来罢了。"

那月转着阳伞，露出挑衅的微笑。

"你说……孩子们？"

"第十二号'焰光夜伯'——似乎被你们取名成奥萝拉·弗洛雷斯缇纳啊。"

"睡美人……醒过来了吗……"

牙城放声追问。但那月却看似愉快地笑了。

"并没有十二号觉醒的证据，谁除掉了'死皇弟'依旧不明。至少目前是如此。"

那月兜着圈子说。那表示她正确理解这个情况的危险性。第十二号"焰光夜伯"觉醒——她明白那代表着什么意义。

"晓凪沙还活着，但受了重伤。现在止在安排准备将她空运到罗马的医院。"

那月说着便指向火灾过后剩下的营地一角。那里有"魔族特区"的医疗团队正在临时搭起的帐篷下治疗伤患。

身穿巫女装束的东洋少女像尸体一样躺在半透明的医疗舱内。他们大概已经放弃了现场治疗，转而打算将她在假死状态下运送至国外医院吧。

"古城怎么样了？他应该和凪沙在一起！"

将营地看了一圈的牙城问道。在接受治疗的伤患当中，怎么也看不到他儿子的身影。

"那个少年毫发无伤哦，现在只是睡着了。"

神情有一丝危险的那月巧笑倩兮地眯了眼睛。牙城浑身顿失血色。

"毫发无伤？"

"没错。尽管他被扫射过，全身大部分包括肺和心脏都留有曾被轰烂的痕迹。"

"你说……什么？"

"——第十二号'焰光夜伯'和晓家兄妹，这三个人要交给远东的'魔族特区'照料，我也让战王领域接受了这项条件。你没意见吧，晓牙城？"

"远东的'魔族特区'……弦神岛吗！"

牙城总算领会了那月的用意，口里发出惊呼。弦神岛是浮在太平洋上的人工岛，由日本政府管辖的特别行政区，而且也是"空隙魔女"南宫那月的根据地。

只要将人带到远离欧洲的弦神岛，"战王领域"和其他真祖的"夜之帝国"也就无法轻举妄动，无论是对第十二号或晓氏兄妹都一样——

"办事效率很高啊，'空隙魔女'——"

牙城嫌恶地嘀咕。南宫那月一脸得意地呵呵笑了。

"这事和'圣殛'有关，我自然也会蛮横一些。对你来说倒也不算坏事吧？有什么不满吗，晓牙城？"

"……不，顺你的意是不太舒坦，但似乎也没其他选项了。"

牙城带着疲倦的语气说完，捡起了烧焦的软呢帽。

然后转身背对那月。

"你打算去哪？"

那月轻轻挑起眉毛问。牙城头也不回，懒散地挥了挥骨折的左手。

"……这样下去我也没脸见那些小鬼头。你似乎信得过，不好意思，麻烦你再多照顾他们一阵子吧。"

"你打算去找拯救孩子的方法？"

那月的质疑让牙城停下脚步，自嘲似的僵着脸笑了。

"调查是我的强项……毕竟我是学者。"

牙城拖着摇摇晃晃的身子再度迈出脚步。

那月也无意拦他。

不久后，男子就在耀眼阳光下消失了身影。

风夹带着硝烟气味，吹过了千疮百孔的岩地。

那就是第十二号"焰光夜伯"和年幼兄妹的初次邂逅——

同时也是新悲剧的前奏。

第二章 假面真祖

Shadow Of Another Kaleido-Blood

1

狭窄巷道里弥漫着铁锈和海水味。

建筑物杂乱拥挤得像废墟一样。大楼墙壁龟裂，连内部钢筋都四处裸露可见。铁卷门上满是难看的涂鸦，要找没破的玻璃都显得比较困难。

这样肮脏的街区却有大批追求颓废享受的醉客，显得热闹喧嚣。

来找女人的男客，以及把他们当目标的街娼；沉溺于酒和非法药品的重度上瘾者；还有敏锐地闻到血、暴力、金钱的气味才聚集过来的众多边缘人——

在最先进的学术都市"魔族特区"里，本不应该存在这样的异类街区。

不过以某个层面而言，这或许也是理所当然的结果。

那块街区的名称是弦神岛二十七号废弃区。在过去发生的意外事故中，沉入海底的人工岛旧东南地区的旧址——地图中也已经删除的"抹消区块"。

有个男子正走过这样下流杂乱的"抹消区块"巷道。

那是一名高挑俊美的青年。

他穿的并非平时最爱的白色大衣，而是黑色皮革料子的骑手外套，以这块街区的气氛来看，倒没有那么突兀。即使如此，青年的模样仍十分醒目，那头纯金发与端正的五官，还有他的一举一动流露出的优雅高贵，好比众多石子里混了一枚金币，吸引着人们的目光。

"等等，老兄。"

踏进街区不到几分钟，青年就被一群暴力的男子围住了。街区居民的排异本能变成了针对青年的露骨敌意。

"你来这里做什么？和妈妈吵架离家出走了吗？"

像是要堵住青年的去路，从他背后也传来了说话声。稍微留意下就能发现，包围他的街区居民已经增加到近十人。

不过青年并没放在心上，只是稍显厌烦地瞥了那些人一眼。

居民纷纷后退，仿佛折服于他沉静的目光。

青年若无其事地再度踏出脚步，居民们则默默目送他。

不久，青年的身影消失，众人同时大大地呼了一口气。

正因为他们是缺乏理性的暴力人种，才会凭本能察知，若是金发青年有意，就能在瞬间将他们干掉。

而他们能够活下来，不过是青年一时兴起的施舍罢了。

青年前往的是一间肮脏的酒馆。

那并非热门的店铺，在利用废弃大楼进行营业的店里，客人寥寥无几。

店里飘散的异臭是用南美自然生长的仙人掌当主原料的毒品气味。普通人要是摄取了那种强烈的迷幻药，只要微量就会毒发身亡，即使是对具备抗药性的魔族也有十足的效果。

吧台里有看似店主的调酒师在。

他的身高超过三米，肌肉也长得和常人明显有异。

那是名为"基迦"的稀有魔族——在"魔族特区"或夜之

帝国也鲜少看见的巨人种族。

"你是生面孔。"

店主用了有如低音乐器的粗嗓音朝青年搭话，感觉他的言外之意是"回去吧"。

然而青年却不以为意地走向店主，然后在吧台上搁了一叠钞票。那恐怕能轻松超过这间店半年的营业额。

"听说这一带藏了一个年轻的女吸血鬼，可不可以帮我介绍一下？"

金发青年静静问道。

那嗓音散发着优雅气质，还带了种挖苦的调调。

"没听过那种事啊。"

店主收下整叠钞票，却又不近人情地摇头。

呵——青年微微笑了，从他唇缝间微微露出的是锐利獠牙。

猛一回神，在店里喝酒的两人组已经走过来吧台将他左右包抄。他们的身高和店主一样超过三米，体重恐怕直逼四百公斤。他们就像是用肌肉所筑成的墙壁一样，给人以一种强烈的压迫感。

"——滚回去吧。这家店被巨人族包下了。"

其中一名巨人用恫吓般的语气开口。青年却对那句警告充耳不闻，没当一回事。

"是小费给得不够吗？这样如何？"

青年说着又将十几枚被称为北帝克罗纳的硬币摆到吧台上，金额换算成日元可超过十万。北海帝国领域内用的这种银币施有防止伪造的特殊式样，在犯罪组织的交易中用得特别多。

店主忍不住想伸出手，大吼着打断的却是那两个客人。

"居然不把我们放在眼里，你可真有种，小伙子。"

"或者你以为待在特区，巨人族就会乖乖听话？"

右边的巨人揪住青年胸口，打算直接举起他。

青年的体重恐怕还不到巨人的两成，可是他的脸色不显惊慌。青年反而用单手钳制住巨人的手臂，瞧了瞧巨人们戴着的手镯。

人工岛管理公社配发的魔族登录证——那是被登录为市民的魔族身份证，同时也是监视他们的枷锁。只要魔族在弦神市内引发暴力案件，资讯就会立刻传到特区警备队。

但现在，尽管巨人们情绪激昂，魔族登录证却没有反应。

"哦，魔族登录证的连线结构已经失效啦？"

金发青年说着朝周围悠然望了一圈。

看来在这处"抹消区块"中有信号死角，魔族登录证会收不到信号。换句话说，就算魔族在这街区动用暴力也没有人会发现。

哪怕结果将导致他人死亡——

"虽然这是一块不应该存在的街区，要是被人发现有这种地方，麻烦可就大了呢。"

"明白的话就立刻给我消失。或者你想直接被勒死？"

"……你们在着急些什么？"

"什么！"

青年含笑的嗓音让两名巨人表情顿时冻结。

理应揪着他胸口的巨人手臂被轻易扯开了。感觉青年并没

有用上多大力气，可是骨头吱嘎作响、较劲输掉的却是巨人族。

金发青年的眼睛染成深红，伸出的獠牙像刀刃般发亮。

"吸血鬼？不过，这股力量……"

结果巨人被彻底推开，脚步不稳地后退了几步。

这时候，站在左边的巨人已趁机从背后抽出武器。对巨人族而言那只是匕首，但由普通人来看，那刀身和大剑并无不同。

"你是……迪米特列·瓦特拉！'战王领域'的战斗狂——！"

"知道我的身份还拔刀相向？原来如此，你们并不是单纯的混混。"

金发青年——瓦特拉仰望着手持巨大匕首的巨人，露出愉快的微笑。

而他高挑的身躯却忽然摇晃不稳。

建筑物里的混凝土地板只有他站的一带正逐渐凹陷变形。

大概是气压的剧烈变化导致店内的空气沉闷得发出声响，这变化不久就让大楼的墙壁和梁柱也出现无数裂痕。

"能操控精灵之力的巨人族武器吗——基迦会自称亚神的后裔，果真不简单。"

即使承受着侵袭全身的惊人重压，瓦特拉仍然保持着一副不以为然的样子。

巨人族的武器并非只有支撑其巨大身躯的蛮力。或许是适应了荒凉沙漠、山岳地带等严酷环境才换来的代价，他们的肉体和精灵的相性极高。换言之，有许多巨人族都是天生的精灵召唤士。

而且巨人自古以来便是精于采矿、金属加工和冶炼的种族。

他们打造的武器能借助精灵之力，引发凌驾于高阶魔法之上的种种异变。阿尔迪基亚的拟造圣剑也是参考巨人族武器所制造出来的。

巨人族男子对瓦特拉所用的短剑也是那种魔具之一。

操控重力的凶恶魔剑。百倍重力在瓦特拉本身的肉体上加了数吨的负担，让十厘米的落差变成了等同于从高度十米落下的冲击。

而且那股超重力的影响范围仅限身为攻击目标的瓦特拉所站之处，两名巨人都能不受魔剑影响并对他发动攻击。

能承受超重力负担的瓦特拉确实有一手，但他现在不可能躲过攻击——

就在巨人们笃定自己会取胜的下一刻……

"……咕……啊！"

仿佛被巨大铁锤痛殴的冲击将两名巨人打飞了。

瓦特拉连眷兽都还没召唤，他只是将压抑在体内的魔力一口气解放开来。然而，这股爆发性威力轻易让重力攻击失效，并将巨人打垮了。不仅如此，老旧的酒馆外墙也被炸碎，崩落的天花板碎块都堆在店里。

"唔……你这条疯狗……"

浑身是血倒在右侧的巨人恨恨地咒骂，然后失去了意识。左侧的巨人伤势更重，那是他为了尽可能抵挡瓦特拉反击，将魔剑使用到最后一刻所造成的反作用力。

满天尘屑下，只有瓦特拉毫发无伤地站着。

还有另一个人——酒馆店主正呆若木鸡地杵在吧台内。

瓦特拉看似满足地瞥了到最后都没丧失战意的两名巨人，然后——

"好啦，让我继续发问吧——"

他用足以令人冻结的目光冷酷地对着发抖的店主笑了。

她伫立在濒临倒毁的大楼屋顶。

那是个戴着白色兜帽的外国少女，修长的腿白皙通透。一动都不动地望着海的那副模样，看上去也像一尊美丽而又虚幻的玻璃雕像。

少女脚边宽阔的海洋反射着月光，宛如夜空。

而幽暗透明的海底有广阔废墟沉没其中。

她独自凝望着那座水底的城市。

"——那是人工岛的旧东南地区，半年前沉没的悲剧之城。"

朝少女开口的，是沿着半毁楼梯走上来的瓦特拉。

有些做作的语气一如往常，然而字里行间却蕴含着冰冷的杀意。

瓦特拉会动怒，并不是因为寻找少女的下落时浪费了不少功夫。

而是少女站在废墟上头这件事让他感到不快。

人工岛的旧东南地区——这座废墟是铭刻着无数意念的圣地，同时也是某个少女的墓碑，这并非无关的外人可以涉足的场所。

"你果然来了，迪米特列·瓦特拉……"

戴着白兜帽的少女却头也不回地开口嘀咕。

瓦特拉的嘴边露出笑意。少女知道他会来,这就表示少女也有准备与他一战。

"你是什么人?从什么时候开始潜伏在弦神岛?在这里调查什么?"

瓦特拉平静地询问少女。

她并非正规的弦神市市民,而是非法滞留的未登录魔族。然而另一方面,她却知道"抹消区块"以及沉在海底的人工岛旧东南地区,对弦神岛的事情了解得太多了。

而且还有协助者愿意赌上性命来隐藏她的行踪,很难想象自尊心强的巨人种族会对单纯一名吸血鬼少女发誓效忠。

"别管我。"

少女随口撇开瓦特拉的质疑。

"今晚的我心胸宽阔,特别放你一马。从这里消失吧,蛇夫。"

"不错呢。你很能取悦我——从船上溜出来算值得了!"

瓦特拉喜形于色。从他背后幽然浮现的是巨大眷兽的身影。既然对方同样是吸血鬼,他就没有理由吝于使用眷兽。

"哦,不听我的忠告吗?也好。"

少女将斗篷下摆一翻,缓缓转身。

那事情就好谈了——瓦特拉笑着表示。少女似乎打算和他硬碰硬,对身为战斗狂的他来说是求之不得的好事。最糟的情况,只要"吞噬"她再取出情报就行了。

"——'难陀'!'跋难陀'!"

瓦特拉唤出两匹眷兽,借由让它们融合就能创造出魔力提升数倍的新眷兽——灼热火焰环绕于身的灰色钢龙。匹敌真祖的庞大魔力摇撼废弃的人工大地，令周围海面浪涛汹涌。

"哦！"

少女发出感叹。瓦特拉从一开始就用上融合眷兽的理由有二：一是为了展现压倒性的力量差距，剥夺对手战意；二是要忠实执行基本战术——在还不清楚敌人所拥有的力量时，要以最强攻势应战。

纵使对手是个美得虚幻的少女，瓦特拉也绝不会轻敌——

而就结论来说，救了瓦特拉一命的正是他这种单纯的斗志。

"那就是传闻中的融合眷兽？威力确实惊人。"

融合眷兽展开攻势扑向少女——下一个瞬间，少女不以为然地举起右手，将眷兽的攻击轻松挡开。融合眷兽受到和本身攻击同等的冲击而消灭。

"唔！"

冲突的余波使瓦特拉惊呼。

无法维持具现化的融合眷兽分离后，直接回到异界去了。

少女并没有防御瓦特拉的攻击。刚好相反，冲突的瞬间她放出惊人魔力，瓦特拉的眷兽只能勉强互相抵消。即使凭融合眷兽的威力，也唯有单方面承受少女的攻击。

"怎么可能……你是……"

"惊讶什么？我身为世界最强吸血鬼，能防御你的攻击有什么好意外的？"

少女回望动摇的瓦特拉，似乎有些愉快地说道。

方才攻击的爆风早已掀开她的兜帽，使她露出真面目。

她是个有着妖精般美貌的十四五岁少女。及腰的金色长发

反射着光线，色泽透有虹彩，而且她的大眼睛里散发着火一般的光芒。

"怎么，蛇夫，难不成你忘了我的脸？或者理应丧命的我出现在此有那么让你不解？"

"焰光之瞳……奥萝拉·弗洛雷斯缇纳！"

瓦特拉咬着牙，从他全身散发出来的是浓密度远超过之前的破坏性魔力洪流。

同时召唤出的三匹巨蛇逐渐转变成长有四肢的金龙，光是龙身散发的瘴气就能令大气带有毒性，四周草木因而凋落枯死变成黑褐色。

"三兽融合吗……有意思。"

呵——少女微微呼了气，无邪地笑得像个孩子。

"只看到我的模样就火冒三丈——你也有可爱之处嘛，瓦特拉小弟。"

"——你都当着我的面亮出那副模样了，我也没必要手下留情吧。抱歉，你得付出相当的代价。"

瓦特拉用排除一切感情的冷酷语气宣告。

前任第四真祖——奥萝拉·弗洛雷斯缇纳不可能在他面前出现。

这并不是因为晓古城已经继承了第四真祖的力量。

奥萝拉早就不存在了。她有无法存在的理由。

然而对瓦特拉来说，那同样只是旁枝末节。

眼前的少女是不是正牌的奥萝拉·弗洛雷斯缇纳，根本无所谓。

如果她是真正的第四真祖，应该就能承受瓦特拉的攻击；如果她是假货就会死在这里。道理就这么简单。

在心思混乱间，瓦特拉毫不迟疑地做了如此冷酷的判断。

"嗯。"

少女笑着露出了锐利的獠牙，像是对瓦特拉表示赞赏。

瓦特拉率着融合眷兽对她展开突击。

吸血鬼贵族的超凡魔力正围绕于瓦特拉的周身。以往他弑杀了身份高于自己的几位"长老"，其事迹并非虚传。大概也只有正牌的真祖才能阻拦现在的他了。

只有君临夜之帝国宝座的三位真祖，或者连存在与否都无定论的第四位真祖——

"蛇夫，决定优先除掉你果然是对的。"

而拥有焰光之瞳的少女愉快地眯着眼喃喃自语。

下个瞬间，瓦特拉看见的是她飞速离去的身影。

不对。离去的并非少女，是瓦特拉和他的眷兽被切离原本所属的世界了。被黑暗包覆的视野什么也看不见，连声音、气味、甚至重力都已消失，到最后瓦特拉连自己的存在也无法感知了。

"……操控空间……不对，这空间本身就是眷兽吗！"

瓦特拉能掌握自己所处的状况要归功于他庞大的战斗经验。在发动攻势前，他反而先受到了少女的攻击。

以空间本身为实体的眷兽——

具备无限延展性的黑暗世界。如今那个世界本身就是少女的武器。

强如瓦特拉也不得不感到战栗。倘若有人能操纵那样的眷

兽，除真祖以外绝无可能。

"我不会连你的命都夺走。在事情办完以前，你就在这里旁观一阵子吧。"

被囚禁于黑暗的瓦特拉脑里直接传来少女的说话声。带着苦笑的语气中感觉不到敌意。

"我懂了，你——不对，阁下一开始的目的就是如此。为了将古城从'战王领域'的监视切离开来——"

瓦特拉语带叹息。平时的他绝不会露出这种带有呕气味道的表情。

"别怪我，迪米特列·瓦特拉。我明白你执着于第四真祖的理由。不过，对那个少年有兴趣的，并不只有'遗忘战王'。"

少女忽然换了语气，声音听来愉快，却又带着一股真挚。

瓦特拉飘浮在广阔的黑暗里，冷冷地忠告：

"这笔人情债可大了——"

"我会记着的，迪米特列·瓦特拉——我怀念的盟友。"

少女用逗弄人的口气说完以后，逐渐远去。

在黑暗中留下的，仅有吸血鬼贵族。

2

十一月的最后一个星期四——

月历上是晚秋，但位于亚热带的弦神岛今天依然洒落着强烈的阳光。

这天早上，晓家玄关的门铃声打断了世界最强吸血鬼——

晓古城的安眠。带着轻快音调的电子音效不罢休地在家中响了好几遍。

古城试着盖上棉被装做没听见，不过也实在到了极限。

他慢吞吞地起身，朝床边的闹钟伸出手。

"有客人吗？"

隔着窗帘照进来的阳光灼烧着古城毫无防备的皮肤。尽管算不上伤害，还是有股搔痒的不适感。脑袋仿佛被盖上了一层膜，恍惚间没办法运作。古城现在这副吸血鬼化的肉体，最为不适的一点就是早起。

"谁啊？平日这么大清早的就跑来别人家按门铃……以为现在几点……"

古城恨恨地嘀咕着看了眼闹钟。随后他嘴里冒出的是连自己都克制不住的傻愣惊呼。

"唔哦哦哦哦哦哦哦哦！"

时针显示的时间比平时的起床时间晚了一个小时，时针和分针呈现的角度令人难以置信。这样下去铁定会迟到，就算现在立刻出门也不确定是否来得及——

"姬……姬柊吗！"

古城连忙跳下床，拿起门铃的对讲器。

"早安，学长。"

玄关扩音孔传来了正经八百的少女嗓音。那是彩海学园初中部三年级的姬柊雪菜——狮子王机关派来监视古城的少女的问候声。

雪菜语气平静，和慌得不得了的古城成鲜明对比。身为国

家公认的跟踪狂，她平时都用神秘咒术监视古城的行动。古城睡过头这件事，她应该也在一开始就知道了。八成是等古城等得快到都还不见他起床，才让雪菜铆起劲来猛按门铃。

"抱歉，我睡过头了。我现在就准备出门，你先去学校吧。"

古城姑且试着向在玄关前等待的雪菜提议。没必要让身为模范生的她陪着自己一起迟到吧？这是古城对她的一种体贴，不过——

"不，我会等学长。"

雪菜淡然表示。

"可是姬柊，这样说不定连你也会迟到——"

"你是不是打算翘掉第一节课，学长？"

古城被雪菜一语中的，顿时语塞。与其现在急急忙忙准备出门却落得迟到的下场，古城倒觉得从一开始就看开迟到这件事，然后悠悠哉哉地上学，这样造成的损失应该比较小——

"请学长尽快做准备，我会一直等到你出门。"

听到雪菜不容分说地断言，古城不得不放弃抵抗。或许是他自己的心理作用，雪菜最近的言行似乎比跟踪狂更上一层楼，感觉有点恐怖。

古城搁下门铃对讲器以后，直接走向妹妹的房间。平时都是她负责把睡过头的古城挖起床，她自己会睡过头倒是颇为稀奇的一件事。

"凪沙，我要进去喽！"

古城故意粗鲁地敲门，并且打开妹妹的房间。

井然有序的房间很合乎她那整理狂的性子。在墙边的床上睡得肚脐从睡衣底下露出来的晓凪沙抬起头。

"嗯……古城哥……怎么了？做噩梦了吗？"

"天亮了，快起床。"

古城声音平静地告诉揉着眼发问的凪沙。

"咦？"

凪沙翻了一百八十度，仰望挂在墙上的液晶时钟。于是，她忽地猛然睁开眼说：

"哇，不会吧？为什么你没有早点叫醒我！"

"我也刚起床啦。快点换衣服，要迟到了。"

"对……对哦。就是啊！"

发出尖叫的凪沙手忙脚乱地滚下床。她甩乱一头睡得杂乱的长发，跑去拿挂在衣架上的校服。

另一方面，在古城悠闲地想着今天没早餐吃，正打算走回房间时——

"啊，对了。姬柊在外面等着。"

"呀啊啊啊啊！"

古城在离开妹妹房间前忽然回头，让凪沙大声叫了出来。

猛一看，凪沙的睡裤正脱到一半。大概是快迟到造成的焦急，她在古城离开房间前就开始换衣服了。

慌乱之间脚踝被睡裤绊到的凪沙想回头，一个不稳便扑倒在地上。从古城站的位置正好能把露出来的内裤看个精光。

"喂，看什么啦！古城哥！"

凪沙捂着撞到床的额头，叫嚷得更大声了。

为什么怪到我头上——古城这样想着，忍不住瞪眼回嘴：

"这是我的错吗？还不是因为你在门关好以前就自己先脱衣服——"

"烦死了！反正你快出去啦！"

重新站稳的凪沙拿起布娃娃砸了过来，古城敏锐地躲开后匆忙离开了妹妹的房间。

结果古城看见彩海学园的校舍，是在快开始上课之前。

上学路上还能看见零星的学生正要去学校。古城一行人判断已经避免迟到的下场，就放慢赶路的速度。

"看来……勉强赶上了呢。"

凪沙上气不接下气地说。即使好动如她，刚起床就全力冲刺似乎还是吃不消。平时束起来的头发在今天更是放着没绑，让她频频在意睡觉时压坏的发型。

"不过还真是稀奇，你居然会睡过头。"

一脸从容地背着黑色吉他盒的雪菜和凪沙互成对比。明明跑了相同距离，她的呼吸却没有一丝紊乱。对于在狮子王机关被锻炼成剑巫的雪菜来说，这点程度恐怕连运动都算不上。

基本上，如果让隐瞒自己真面目的古城发表意见，他倒希望负责监视的雪菜也能表现得更像普通初中女生一点——

"我好像在按掉闹钟以后不小心又睡了回笼觉。平常很少会这样就是了。你想嘛，这就好比猴子也会从树上摔下来啊——等一下，谁是猴子啊！啊，顺带一提，据说猴子和类人猿的区分方式是猴子有尾巴，而类人猿没有。还有类人猿中会游泳的只有人类，这是小知识。另外——"

"好了啦，凪沙，姬柊都听得一愣一愣了。话说你吵死了。"

古城轻轻敲了自顾自的卖傻兼吐槽的妹妹头顶，要她安静。作为妹妹算比较懂事的凪沙，为数不多的缺点之一就是聒噪。看来她已经从睡过头的打击中恢复过来，变回平时的调调了。倒不如说，她的情绪比平时还亢奋。

"对了，快放寒假了呢。"

凪沙莫名仰望天空，忽然换了话题。虽然在一年四季都是夏天的弦神岛不太能体会到季节感，但是十一月也接近尾声了，再不到一个月就会放寒假。

"说的也是……提到这个，姬柊你过年要怎么办？"

古城莫名不安地试着问雪菜。难不成，狮子王机关会让雪菜在年末年初都继续监视他？

"学长是问新年吗？"

"呃……简单说，就是问你会不会回到喵咪老师身边的意思啦。"

"不会。目前我并没有什么打算。"

雪菜说着抬头望向古城。照这种反应来看，她在寒假期间果然也会继续执行监视古城的任务。另外，喵咪老师是担任雪菜师父的魔法师名字，虽然这是古城擅自取的称呼。

"学长你们预定怎么过呢？"

"这个嘛……如果公社发许可下来，我想去探望好久没见的奶奶。"

古城这么嘀咕完，凪沙就"哇"地出声赞同。

"我想去我想去，毕竟有四年没见到奶奶了。不知道她过

得好不好。"

雪菜看到凪沙嘀咕得一脸怀念的模样，纳闷地歪了头。

"学长，你们的奶奶是住在……"

"啊，她在丹泽山中的一间小神社里做类似神职者的工作。"

"神职……吗？"

雪菜有些讶异地眨了眨眼睛。古城半带苦笑地皱着脸说：

"奶奶很疼凪沙，不过她是个性情挺激烈的老人家……惹她生气的话会很恐怖，而且听说她以前还当过地下攻魔师。"

"咦？"

雪菜僵着脸停了下来，古城也跟着停下脚步，结果凪沙直接撞上了他的背。凪沙走路时大概在发呆，似乎没有发现古城停住脚步。

"好痛！"

"你搞什么啊？"

"唔……谁叫古城哥要忽然停下来！"

一屁股跌在地上的凪沙不满地抬头瞪了古城。大概是睡过头带来的霉运，今天凪沙似乎注定要到处跌倒。

古城一边出手扶妹妹起来一边问：

"……唔，感觉学校周围闹哄哄的，是怎么回事啊？"

古城望着停在校门前漆成黑色的防弹礼车，皱起眉头。那是在弦神岛并不常见的欧洲高级车。

"会不会……发生了什么状况？"

雪菜不安地细语。她的操心确实可以理解。会搭那种适合用于枪战的车子来学校，感觉实在不像正经人。

"和我……应该没关系吧。"

"是这样就好了。"

古城和雪菜把脸贴近彼此，心有余悸地嘀咕起来。无关于他们俩的担忧，待在校园的学生们注意到从礼车下来的人影，鼓噪声顿时传开。

围过去凑热闹的那些同学逐渐将礼车遮住了——

3

古城费了不少劲赶来上学，第一节课却是自习。

起先没有排在预定中的短期留学生一口气来了七个，让校方大感混乱，早上的教职员会议似乎也拖久了。校门口的防弹礼车就是接送那些留学生的座车，上学时排场如此隆重谨慎的留学生，在教室自然也成了话题。

"……深洋少女组？"

和雪菜她们分开的古城一到教室，就被那个听来陌生的团体名称弄迷糊了。

"就是最近在视频网站很红的女歌手团体啊，你没听过吗？她们是来自'战王领域'的五人组。"

蓝羽浅葱拿出了爱用的粉红色平板电脑，递到古城面前。

画面上显示的是一群穿着可爱服装的外国女孩。

年纪大约从十几到二十岁出头。古城觉得自己似乎见过她们，却想不起来是在哪里。

"她们五个唱歌跳舞像外行人，不过感觉都是合日本人喜

好的美少女吧，也常常被杂志采访哦。"

"顺带一提，我最推荐穿黄色衣服的女生。"

明明没有人问，擅自加入话题的矢濑说着指了左边最娇小的少女，还顺便用假音唱起轻快的流行电音，搭配机械舞步。对于他的歌声不予置评，不过舞步倒出人意料的有模有样。

古城对于矢濑的意外才能颇佩服地说：

"嗯。这么一想，最近好像到处都在播这首歌。"

"话说基树，你模仿得太像了，好恶心。"

"干嘛损我！模仿得像又不是坏事！"

内心仿佛真的受创的矢濑带着泪眼抗议。实际上，看他模仿得那么像，众人反倒觉得有些倒胃口。

"所以，那个歌手团体为什么会跑来彩海学园留学？"

古城望着平板电脑的屏幕，一脸纳闷地问。

"不知道。应该是碰巧吧？"

浅葱随口回答。坚持继续跳舞的矢濑也点头附和：

"我也觉得时期不太合适，不过夜之帝国的学生来弦神岛短期留学也不算稀奇嘛。只是碰巧这次来的是网络名人罢了。"

"哎，也对啦。"

古城一脸没劲地叹气。即使说是名人，既然主要的活动领域在视频网站，基本上就属于业余人士吧，会普通地上学也不是有多奇怪的事。毕竟只有"魔族特区"的教育机构才会收容来自"战王领域"的留学生，选择彩海学园留学以概率而言也很合理。

不过，那总归是另一回事，古城无意识感受到的这股不安究竟是什么——

"啊，找到了找到了。古城大人——！"

就像是要证实古城的预感一样，有一群陌生的少女声音开朗地涌进教室。她们是穿着彩海学园校服的外国五人组。

少女们感觉就像要好的姐妹，但长相和发色却没有一致感。她们的共通处只有全都长得格外漂亮这一点。那属于天生具备高雅气质的美。

"好久不见了，古城大人！"

"我……我一直都好想见您。"

五个少女看都不看其他同学，一个劲地围着古城殷勤地示好。古城愣着睁大眼睛，僵得就像一尊石像。

"深洋少女组！"

班上有人低声咕哝。这成了导火线，让惊讶和嫉妒的鼓噪声在教室里传开。

"咦？不会吧？是她们本人吗？"

"糟糕，比想象的还可爱。"

"不过，她们怎么和晓黏在一起？"

"……又是古城那家伙吗！"

"……"

古城暴露在同学们好奇的视线下，冷汗流个不停。

他总算想起这群所谓的"深洋少女组"是什么人了。她们是"战王领域"周遭邻国的王族或重臣的女儿，为了换取祖国安宁才被送到迪米特列·瓦特拉身边当"人质"。身为战斗狂的瓦特拉却对人质和女人都没什么兴趣，她们似乎就被当成单纯

的客人来对待了。

不仅如此，瓦特拉还试图把她们当成让古城眷兽觉醒的诱因，而她们也想将第四真祖之力当成下克上的道具利用——因此古城非常不擅长应付她们。

"古城，你认识这些女生？"

浅葱瞪着无措的古城，貌似不悦地问了。古城生硬地摇头否认：

"呃……我和她们没有熟到算认识的程度啦。"

实际的问题是，古城根本不懂她们为什么会在这里。她们不是在瓦特拉的游船"深洋之墓二号"上过着不愁吃穿的优雅生活吗？

"咦……古城大人好过分！"

五人组中带头的金发少女说着就勾住了古城的胳臂。她看上去已经二十岁左右，但穿起校服来却意外的合适。不过现成品实在包不住那火辣的身材，普通校服被她穿得煽情反而是个问题。

一身迷人校服打扮的她悄悄将手绕向古城说：

"我们的关系，不是已经密切得一起洗过澡了吗？"

"一……一起洗澡！"

浅葱喊得声音变调，教室里沸沸扬扬。古城拼命地摇头说：

"不对！之前搭瓦特拉那艘船时，是这些家伙擅自闯进浴室的啦！"

"骗人！那艘船的浴室不是我和你一起进去洗的吗！"

浅葱也立刻回嘴。她疏忽的发言让教室里闹得更大声了。

噢噢——矢濑甚至发出感叹的声音。

"啊!"

浅葱看到童年玩伴那样的反应,似乎才发现自己失言了。她面红耳赤地惊呼,还用双手抱着头否认:

"不对啦!不是那样!真是够了,你们烦死了!"

浅葱翻脸不认账地叫骂,然后就泄愤般朝矢濑的脑袋开打。冷不防的一拳让矢濑无法反应,直接栽了个跟斗撞到墙角。

这段期间,深洋少女五人组依旧紧紧黏在古城旁边,自习中的教室里陷入一发不可收拾的状况——

"别陶醉了,晓古城。那群女的只是为了打发无聊才跟我们一起来的。你现在这副样子真是难看。"

杀气腾腾的警告声忽然响遍教室,让混乱一口气收敛下来。

"陶醉什么啊!我是在伤脑筋!"

古城反射性地一边反驳,一边转头。站在教室入口的,是左手腕戴着魔族登录证的银发留学生——令人联想到冰冷刀械的俊美少年。

"等等,你……是瓦特拉船上的吸血鬼!"

"我叫特毕亚斯·加坎,从今天起暂时就读于这所学校。"

自称加坎的留学生说着,便狠狠瞪了眼自己穿在身上的校服。看来到古城的学校留学并非出于他的本意。

"留学……为什么你们要这么做?"

古城愕然反问。特毕亚斯·加坎的外表年纪和古城差不多,但他是"旧世代"吸血鬼,实际年龄应该超过两百岁。现在还要他扮成高中生,八成只会觉得这是一种屈辱吧。

　　不过比起那些，和古城待在同一间教室这件事似乎才是他烦躁的主因。

　　"我倒是听说，日本的学校相当讲究上下关系。"

　　加坎贴到古城面前，语气咄咄逼人。

　　他耀武扬威般亮出来的，是象征自己读二年级的学徽。看来那是在主张自己学年比较高。

　　而古城却狠狠瞪了回去，额头都快和加坎贴在一块了。

　　"抱歉，这个岛国很封闭保守。日本的传统就是排挤新面孔啦，学长！"

　　"唔……要不是大人下了命令，谁要当你的护卫！"

　　在极近距离下和古城互瞪的加坎不甘心地咬牙切齿。

　　咦——古城纳闷地挑眉问：

　　"瓦特拉下令？你说当我的护卫是什么意思！"

　　"我才没有义务向你说明，蠢蛋。"

　　"——特毕亚斯。"

　　听来中性的柔和嗓音制止了还在赌气的加坎。

　　闯进一触即发的古城和加坎之间的，是个拥有柔和美貌的吸血鬼贵族——吉拉·雷别戴夫·渥尔提兹拉瓦。灰色头发和翡翠色眼睛，身材以男生而言显得娇小，又有一副温柔的外表。他披着一件连帽外套，大概是为了遮蔽阳光。外套底下的服装果然也是彩海学园校服。

　　"吉拉？你该不会也转来我们学校了？"

　　"是的。请多指教。"

　　吉拉怯生生地伸出了右手，回握那只手的古城则感到有些头疼。

古城听说从"战王领域"来的短期留学生总共有七个没错。既然深洋少女组那五个人只是擅自跟来的附属品，就表示原本要转来的留学生是加坎和吉拉两个人吧。

"奥尔迪亚鲁公有留言吩咐，万一他不在了，我们就要来保护古城大人。"

吉拉将脸凑到古城耳边，压低声音如此说明。

"留言？瓦特拉写的？"

"就是这么回事。你最好安安分分的别给我们惹麻烦。"

加坎口气莫名高傲地撂话。火大的古城歪着嘴说：

"从你们出现在这里的那一刻起，我的立场就已经变得很麻烦了——"

"对不起。"

被古城一挖苦，吉拉为难似的垂下长睫毛。

"啊，不。你不用道歉啦……可是，瓦特拉出什么状况了吗？你们说那家伙不在了，意思是——"

"我们也不清楚。只不过，奥尔迪亚鲁公的善变并不是一天两天的事了。"

口气不安的吉拉嘀咕，咬住了润泽的唇。

加坎则踩着粗鲁的步伐走回自己的教室，表示他该交代的都交代完了。深洋少女组那五个人也在不知不觉中消失人影。

"所以……你们两个的手要握到什么时候？"

浅葱用白眼仰望一直握着手的吉拉和古城问。

"对……对哦。"

两人不自觉地脸红，连忙松开手。

浅葱越显不愉快地蹙起眉头，然后叹了口气。

4

这时候，雪菜他们班正在上体育课。女生的项目是排球。基础动作确认告一个段落以后，就一直悠哉地进行比赛形式的练习。

穿体育服的雪菜也加入到同学当中，认真地进行着比赛。

从敌阵呈抛物线飞来的发球被后卫的同学贴着地托起，球摇摇摆摆地往上飞，飞到了没人守的网际。要是直接掉在界内就失分了吧——在所有人都这么想的瞬间……

"唔……雪菜？"

"在！"

冲到球底下的雪菜轻轻蹬地跃起。二次进攻——娇小身躯轻灵腾空，轻轻挥下的左手将球扣进了敌阵。

雪菜无声无息地直接着地。待在对手场地的学生们都一脸不明白发生了什么的表情，呆愣地望着滚在自家阵地的球。

"啊……"

雪菜看到她们的反应，有些沮丧地责怪自己又表现过头了。被狮子王机关培育成剑巫的她，体能用不着靠咒术强化就已经远远超出同年龄女生的水准。假如是比田径类的个人项目，要适当地放水倒还可以，比球技想留手就困难了。

"好样的，雪菜！"

现役篮球社员辛蒂——进藤美波笑着朝杵在原地的雪菜搭话。或许因为她自己也擅长运动，即使看了雪菜神乎其技的身手，好像也不太讶异。

"呃，不过呢，我觉得你运动神经很好啊。"

"是……是吗？"

雪菜露出生硬笑容，将辛蒂的称赞应付过去。辛蒂却感到有趣似的望着雪菜说：

"从外表真是看不出来呢。你明明一副天生少根筋又爱发呆的样子。"

"少……少根筋？"

雪菜听了这段出乎意料而令人无奈的形容，不禁大受打击。她以为自己是个思路清楚的人，被朋友这样评价自然掩饰不住动摇。

"哦，是凪沙。她也很灵活呢。"

雪菜她们的比赛结束，就轮到凪沙那一组上场。如辛蒂所说，凪沙在随便凑成的队伍中表现得相当漂亮。虽然个子不高不适合当前锋，但她为队伍救回了好几球，有种小动物般的可爱之处。

"听说凪沙以前在医院住过一阵子就是了。"

雪菜屈膝坐在体育馆墙边，低声问辛蒂。

辛蒂怀念似的微笑着说：

"嗯，对啊。一年级时她只上了一半左右的课，体育课也都

在旁边看而已。应该是去年秋天才变得像现在这样活泼吧……参加啦啦队也差不多是在那时候。"

"去年……秋天?"

雪菜抿唇沉默下来。剑巫的直觉正告诉她,有什么地方不对劲。

听说晓凪沙会来弦神岛是因为发生过事故。在魔族相关事故中受了重伤的她,接受治疗时很讽刺地必须利用"魔族特区"的技术。

实际上,凪沙应该是透过那些治疗才康复的。彻底痊愈是在去年秋天。

而且那之后没过多久,她哥哥晓古城就忽然得到了第四真祖——世界最强吸血鬼的力量。如果要把这一系列事件解释成单纯的巧合,事情未免也太不寻常了。

让雪菜更烦恼的是,凪沙之前在"贤者"事件中所使用的那股力量。

有不明灵体附在凪沙身上。

那是能够在一瞬间造出半径数百米的冰块,且拥有独立意志的庞大魔力聚合体。

就雪菜所知,只有吸血鬼的眷兽有那种能耐,而且必须是"旧世代"当中的最强等级,或者真祖的眷兽才行——

她不明白凪沙为什么能唤出那种东西。可是,假如凪沙真的会操纵眷兽,和古城获得第四真祖之力应该不无关联。

说不定之前是雪菜误解了。

第四真祖的妹妹并非碰巧住进"魔族特区"的医院。

假如正是因为她住院才让古城变成第四真祖——

雪菜发现在那之中所代表的恐怖可能性，陷入了全身结冻般的错觉。

而且雪菜因此察觉得晚了——比赛中的同学们正看向雪菜她们叫嚷着。

有人托的球跑出场外，飞到坐在墙角的雪菜这边，还有另一个女同学追着球冲了过来。她只顾着追球，没注意到雪菜的存在。这样下去会撞上。

"——雪菜，危险！"

凪沙从球场上大喊。雪菜在听到声音回神以前，身体就无意识地先动了。

她挥拳用手背挡掉飞来的球，然后转身面对冲上来的女同学。要闪开很容易，但是那样肯定会让对方受伤，所以雪菜反而迎向前去。

她抓住冲过来的女同学的手臂，顺势改变其向量，让直线运动变成旋转运动。女同学在雪菜面前轻轻浮起，垂直翻了一圈，然后用屈膝坐下的姿势落地。

几乎没受到冲击或振动。

女同学本人肯定也不知道自己身上发生了什么事。

而刚才被挡掉的球落到了起身和女同学位置互换后的雪菜面前。雪菜若无其事地静静把球接住了。

"啊……"

雪菜察觉自己做的事，顿时脸色发青。体育馆里一片安静，全班都注视着她。不过——

大家并没有像雪菜担忧的那样用害怕的眼神看她。

因为她刚才那一手实在太高超了。普通的女高中生连她做了什么都无法理解。尽管不清楚状况，但没人受伤就再好不过了，所有人就这样同时开始鼓掌。

雪菜只能捧着球杆在原地红了脸。

"你刚才做了什么啊？"

只有待在雪菜旁边的辛蒂一脸讶异地提出疑问。

雪菜的额头微微冒汗，眼神也变得闪烁。

"唔……呃，碰……碰巧的吧？"

"你果然天生少根筋。"

辛蒂看到雪菜那种有趣的反应，噗嗤笑了出来。

但在随后，辛蒂的脸色忽然发青。雪菜也察觉到这一点而屏住气息。

应该已经中断比赛的球场上，有人一声不响地倒下了。

那是个将长发扎得短短的、发型特征明显的少女。她倒在球场上的模样看起来比平时更娇小。

"……凪沙！"

雪菜抛开手里的球，朝凪沙跑了过去。

辛蒂也跟在后面。其他学生同样发现状况有异，远远地围在凪沙旁边看。在隔壁球场当裁判的体育老师笹崎岬也赶来了。

"咦，你怎么了？凪沙！凪沙——！"

即使辛蒂大声呼唤，凪沙也没有反应。方才还活蹦乱跳的她十分痛苦地喘息着。

"凪沙……怎么会这样，难道……"

　　雪菜茫然嘀咕。被她抱起来的凪沙全身相当冰冷，冷得简直像摸到了尸体。而且雪菜在碰触凪沙的瞬间，就明白她身体衰弱的原因了。

　　同时，雪菜也了解了藏在晓古城和晓凪沙这对兄妹之间的秘密——

　　"居然……"

　　她沉痛的惊呼被同学们的鼓噪声掩去。

　　沉睡的凪沙身体轻得吓人，闭上眼的脸庞就像妖精一样。

5

　　接到联络的古城赶到MAR研究所，是下午以后的事。

　　Magna Ataraxia Research公司——通称MAR，是将根据地设在东亚的巨型企业，经手的产品从军事武器到食品都囊括在内，属于全球屈指可数的魔导产业复合体。

　　而弦神岛设有MAR的医疗研究所及附属医院，古城的母亲——晓深森则在其中担任研究主任。她同时也是爱女晓凪沙的主治医生。

　　"——姬柊！凪沙呢？"

　　无所适从地坐在等候室角落的雪菜发现古城赶来，就生硬地当面点了头。她似乎半勉强地以自己是邻居为由，硬陪着送医的凪沙过来。

　　"我想她不要紧，现在呼吸和脉搏都很正常，只是意识还没有恢复。"

"这样啊……"

绷紧的心弦发出断裂声，古城浑身松弛似的当场蹲了下来。他在电话里也听过凪沙没事的情报，即使如此还是很担心。

你这个妹控——雪菜脸上写着对古城的评语，小声地嘻嘻笑着说：

"找凪沙的话，刚才伯母……深森小姐将她带到医疗大楼了。因为外人不能进去，我才在这里等，学长是家人应该没什么问题——"

"不，医疗大楼我也不能进去……唉，毕竟有专家在，我想不会有事。反正就算我陪在旁边也帮不上忙。"

"话说回来，你们来了好多人。"

雪菜说着用狐疑的目光看向古城肩膀后头。

"咦？"

古城也顺着她的视线转头看背后，就傻乎乎地"唔哇"叫了出来。一群穿着校服的人正好穿过等待室的自动门鱼贯而入。

是浅葱和矢濑，还有"战王领域"来的留学生二人组——

"为……为什么连你们也在？"

古城瞪着怎么想都扯不上关系的四个人大叫。学长之前都没发现吗——雪菜一脸傻眼地如此嘀咕。

"我……我也一样担心凪沙啊。"

表情有些尴尬的浅葱别开视线说：

"还有，谁叫这些人也追在你后面——"

"我只是过来尽自己的职责，并没有要探望你妹妹。"

被浅葱推卸责任的加坎说得理直气壮，一点也不愧疚。

吉拉在旁边正色点头说：

"是的。所以，请不要在意我们两个。"

"当然会在意吧！"

怒骂的古城连这里是医院都忘了。尽管他们八成只是忠实遵守瓦特拉的吩咐才会跟过来保护古城——

"你们怎么在留学第一天就翘课！还有，为什么连矢濑都来了！"

"呃，总觉得很有趣——不是啦，我也担心凪沙啊。"

矢濑用了显然是来凑热闹的口气，脸上又刻意露出认真的表情。受不了你——古城粗鲁地咂嘴。

即使如此，隐约了解浅葱和矢濑的真正心意的古城，并没有强行将他们赶走。他们大概不是担心凪沙，而是担心古城才跟来的。

"对不起……我明明和凪沙在一起，却没有注意到她的身体状况。"

雪菜坐在等候室的小小长椅上，垂头丧气地嘀咕。对于凪沙在眼前昏倒这一点，她似乎觉得自己有责任。

"要说的话，我才有错吧。那家伙睡过头的时候，我就该怀疑是身体不舒服了。毕竟她身体虚弱也不是一天两天的事。"

古城在雪菜旁边坐了下来，疲倦地摇头。

早上起不了床、上学时脚步摇摇晃晃……明明有好几次机会能看出她不舒服，没注意到那些是身为家人的古城要负的责任。和平时多话的性子恰巧相反，凪沙很少示弱抱怨——古城明白这一点。

"难道凪沙受的伤……没有完全好吗？"

浅葱关心地问了沮丧的古城。

嗯——古城带着叹息，虚弱地笑着说：

"对日常生活没有影响就是了。医生说需要定期检查，而且她好像还在试用一些药。"

"这样啊……真是辛苦。"

"不过在出院以后，她就很少昏倒了。"

古城望着医院里熟悉的景物咕哝。为了探望住院的凪沙，初中时期他来过这间等候室好几次。

"学长，凪沙住院的原因是——"

雪菜用认真的目光对着古城，古城轻轻耸肩。这些都算个人隐私，不过隐瞒陪在旁边的雪菜应该也没有意义。

"四年前，在罗马发生过由魔族主导的恐怖爆破攻击吧？就是在列车上装了炸弹的那个事件。"

"是的……"

雪菜莫名讶异地眯起眼睛。古城只顾着继续说下去：

"我和凪沙当时碰巧都在现场。虽然我们两个几乎没有事件前后的记忆……不过，就是在那之后吧，凪沙变得很害怕魔族。我想大概是那时造成的恐惧还留在她心里。"

"……这样啊。"

雪菜嘀咕完就沉默了。她低头沉思的脸让古城微微感到不安。四年前那场恐怖攻击是造成众多死伤的大惨案，但早就过去了。犯人全遭到射杀，背后的组织也已经瓦解，雪菜现在再怎么思考也不能改变什么。那起事件和目前在这里的古城等人理应早就毫无关联——

"留在这里也不是办法，我们去餐厅吧。"

古城仰望等候室的时钟提议。

由于一到午休就冲出学校的关系，古城他们都没有用午餐。加上早餐也没吃，冷静一想就就产生了强烈的饥饿感。他也觉得填饱肚皮说不定多少能让心情好一些，结果——

"咦？餐厅？"

嗓音格外开朗地出现反应的人，是浅葱。

"你要请客吗？MAR的员工餐厅很有名，在弦神岛的美食指南上也被当成隐藏的名店介绍过。"

"你啊……"

古城回望眼睛发亮的浅葱，并对自己的失言感到后悔。虽说从苗条外表看不出来，但浅葱可是个美食家兼大胃王，家庭餐厅的盘装简餐，她可以轻轻松松吃掉四五人份。

何况来到平时很少有机会光顾的隐藏名店，又是别人请客，浅葱肯定不会手软，一个劲地点餐。

"好吧。反正是记在我妈账上。"

古城认栽似的说。为了舒缓气氛，浅葱故意闹得夸张点的可能性恐怕也不是没有。

"哼，我没意思和你混熟。我们要分开行动。"

加坎不领情地说。古城则懒散地托着腮帮子瞪他。

"随你便，我本来就没有邀你。"

"对不起，那我们先失陪了。"

吉拉一边微笑得有些不舍，一边殷勤地低头行礼。

"嗯，之后见。"

"好的。"

古城格外合拍地和吉拉打了招呼，并目送他离开。浅葱却像是莫名起了戒心，瞪着吉拉的背影。

"刚才那几位，是'战王领域'的贵族对不对？他们怎么会和学长一起过来？"

看起来同样起疑的雪菜望着吉拉他们问。

古城露出仿佛隐瞒着什么的表情，板着脸回答：

"我也不太清楚。听说是瓦特拉那家伙留字条要他们当我的护卫，然后就不见了。"

"……奥尔迪亚鲁公不见了？"

雪菜困惑似的咕哝。

也难怪她会困惑。迪米特列·瓦特拉是个性情多变的吸血鬼，但也属于行动好理解的男人。他的目的就是和强敌交手——仅此而已。对寿命接近无限的吸血鬼贵族来说，和足以威胁自己性命的强敌一战正是求之不得的消遣。

好战的瓦特拉，据说瞒着部下消失了。

这并不像以战斗为乐的他会有的举动，而且让部下担任古城的护卫这一点，更是令人费解至极。

毕竟古城身为世界最强吸血鬼第四真祖，动得了他的人可不好找。

如果出现那样的强敌，会开开心心率先迎战的不会是别人，正是瓦特拉自己。

"唉，虽然我本来就这么觉得——姬柊，你果然也认识瓦

110

特拉先生吧？"

在旁边听古城他们对话的浅葱露出挑衅的笑容盯着雪菜。

"既然有这个机会，差不多可以告诉我了吧？你和古城是什么关系？古城隐瞒着什么？瓦特拉先生和古城真的没有不可告人的关系吧？"

"——什么叫不可告人的关系啦！"

古城忍不住吐槽打岔。浅葱到现在好像还是无法割舍古城和瓦特拉有恋情的疑念。无法断言那根本是误会，倒也还是有点麻烦——

"我明白了。"

正面接下浅葱那种视线的雪菜答应了。对于她意外的回答，古城诧异地说：

"唔……喂，姬柊……"

"不过，在那之前，能不能让我拜托学姐一件事情？"

"来……来这招啊？"

也许浅葱并没想过雪菜会开条件，回应得有点胆怯。话虽如此，现在似乎也没有退路了。她貌似认命地答应雪菜：

"可以呀，有什么要求就直说。"

"那就拜托蓝羽学姐了。我有事情想请你调查。"

互瞪的雪菜和浅葱之间莫名迸出看不见的火花，异样凝重的气氛开始弥漫于等候室。古城慑于那股压力，不由得冒出想逃离现场的冲动。结果——

"啊……抱歉。"

先发制人的矢濑反倒准备开溜。

"矢……矢濑？"

"不好意思，在你们谈得正热烈时打扰，我去一下厕所。肚子突然不太对劲。"

"这……这样啊，那我也——"

古城也马上准备起身想搭矢濑的顺风车。然而——

"你不能走，古城！"

"请学长留在这里！"

被两个女生驳回，古城心里一惊停下动作。

"抱歉啦，古城。我先走一步！"

矢濑趁机匆匆忙忙地离去，古城则无奈地叹气。

"所以，你想要我查什么？"

浅葱拿出了爱用的笔记本电脑问雪菜。虽然从亮丽外表难以想象，但浅葱的真面目是全球屈指可数的高明骇客"电子女帝"。只要她有意，连北美联盟情报局的最机密档案都能轻松读取。

"我想了解四年前的那场事故。"

雪菜淡然告诉浅葱。

"请查查看，学长和凪沙遭遇的恐怖攻击事件是不是真的存在，还有学长他们是不是真的曾被卷入其中——"

6

"我无法接受。"

特毕亚斯·加坎不高兴地撇下这句话，离开了MAR附属医

院用地。他发火的矛头当然是指着晓古城。

"——既没气质也没威严和霸气。那种人真的是第四真祖吗？要我们当那种男人的护卫，大人一时兴起的主意还真是令人伤脑筋。"

"不过你们看起来意外合拍呢。"

吉拉用了像是变声期前的少年嗓音笑着说。摆着苦瓜脸的加坎歪了嘴，赌气似的立刻对他抗议：

"吉拉，就算开玩笑也别那么说，会让我反胃。"

"呵呵。"

吉拉一边开朗地笑着，一边蹭地跃起。靠着魔族特有的夸张肌力，他一口气跳到了盖在旁边的六层大楼楼顶。

"再说，现在也厘清大人命我们当护卫的理由了。"

"嗯，也对。"

加坎在吉拉旁边落地，在强烈阳光下板着脸凝神看去。

他瞪着的方向坐落着错落林立的成群大楼——那是人工岛北区的研究所街，留有浓厚人工岛色彩，整体风格兼具了未来感和机械感的街景。

大楼间最突出的灰色电波塔上，站着一个戴了白色兜帽的少女。

她俯望着MAR的附属医院。

有如追寻猎物的狙击手一般，少女静静地监视着晓古城待的那个场所。

确认到那一幕的瞬间，加坎就解放了自己的眷兽。

"'妖击之暴王 Irrlicht'！"

随着惊人魔力化作实体的是一匹笼罩着闪光的巨大猛禽，其实体为温度高达摄氏几万度的高密度魔焰。它变成了一道灼热的闪光，瞬间飞出数百米远并扑向少女所站之处。

以蓝天为背景，无数的灿烂火花迸散四射，冲击所引发的狂风晚了一拍才到来。

加坎那匹眷兽催生的超高热度连爆炸都没有引发。宛如高手挥剑斩下，金属铁塔在一瞬间便被熔断。受到那种攻击波及，当然不可能有生物能存活下来。

恐怕，只有眼前的那个少女例外——

"真是粗鲁的欢迎方式。"

少女将兜帽下摆一甩，在邻近的大楼上着地。面对加坎眷兽的攻击依然毫发无伤的她，用那张妖精般的美丽脸孔看似愉快地笑着。

"该夸你不愧是瓦特拉的心腹吗，特毕亚斯·加坎？"

"警告只有一回。下次我就会瞄准。"

加坎令召回的眷兽在头上待命，并且直瞪着少女。加坎对于少女知道自己名字这点亦不显动摇，从他的态度来看，倒像是觉得省了报上名号的工夫。

"我们知道你在跟踪第四真祖。能不能告诉我们理由？顺便也报上姓名和所属组织。"

吉拉移动到截断少女退路的位置发问。瓦特拉命令他们担任晓古城的护卫，说明他料到会有威胁第四真祖的敌人出现。

既然如此，敌人就不可能是眼前这名少女以外的人。受了眷兽攻击还能笑得不以为意的她，确实是够格让吉拉他们来对

付的强敌。

然而，少女忍俊不禁地晃了晃肩膀。

"竟然说我在跟踪第四真祖……看来你们什么都不知道呢。瓦特拉没告诉你们吗？"

"……你想说什么？"

加坎杀气腾腾地反问。少女的语气就像是在调侃瓦特拉和他之间的信任关系，让他觉得相当反感。

不过，少女仿佛嘲弄着愤慨的加坎，声色和缓地继续道：

"照我看，你们应该是瓦特拉派来的护卫。如果是想保护那个第四真祖的话，你们的敌人可不是我。还是说，你们想糟蹋瓦特拉特地布的局？"

"……这是什么意思？你知道奥尔迪亚鲁公的下落吗？"

吉拉露出疑惑的表情。少女提出忠告时，口气就像是知悉瓦特拉一切行动的人。吉拉压抑着焦躁想探出情报，少女则用一副随时会开口称赞他"好孩子"的表情望着他。

"别担心，我没杀他。凭我的力量，要将那家伙彻底消灭也不轻松。等事情办完，我就会放了他。"

"你这种货色也困得住大人？"

加坎的俊美脸庞上露出了扭曲的狞笑。哦——少女反倒貌似意外地出声嘀咕。

"信不过我吗？反过来问，你们认为瓦特拉那种货色敌得过我的根据是什么？"

"你到底是……"

吉拉脸上流露出一丝犹豫。对方的力量感觉并不能凌驾身为"遗忘战王"直系吸血鬼的吉拉或加坎——更遑论瓦特拉。若有那般强大的吸血鬼，吉拉他们不可能不知道对方的名号。

然而，早已习惯于战场氛围的吸血鬼本能正发出警告，这个少女那深不可测的自信恐怕并不是毫无根据。

"够了。你退下，吉拉。我们没义务继续奉陪那家伙的戏言。"

没过多久，加坎像是忍无可忍地狠狠撂了话。他的双眼染成深红，绽放出妖异的魔魅光彩。那光芒来自名为"魔眼"的^{Wadjet}不可视眷兽，可以从加坎的眼睛入侵敌人大脑，进而支配对方的意志——

"女人，我要你把知道的事情全部招出来！"

加坎的眼睛更显光辉。少女平静地回望那阵光芒并发出感叹之语：

"精神支配系的眷兽吗？不愧是脉承战王的眷属，拥有挺罕见的能力嘛——"

"什……么！"

少女话说完以前，加坎就仰天弓起了身躯。唔哦——他的口中发出哀号。

"怎么可能……那对眼睛……你……"

庞大的魔力倒流使加坎捂着左眼单膝跪下。少女挡下眷兽的攻击，让那股力量反扑到身为召唤者的加坎身上。

"别怪我。是你自个儿要看我的眼睛。"

少女用关心的语气告诉加坎。她从兜帽底下露出来的双眼散发着青白色光芒，其光芒防御了加坎用眷兽发动的攻击，反让他受到折磨。

"'炎网回廊'——"

随后，吉拉的清亮嗓音响遍四周，血雾从他的指尖飞散。那片红雾幻化为炽热熔岩，像蜘蛛网一样布满少女身边。

"吉拉吗？"

"你让开，特毕亚斯。这里交给我——"

吉拉露出清冽的微笑强调。由他脚底冒出的，是一只带着琥珀色迷人光彩的、拥有熔岩身躯的蜘蛛形眷兽。

眷兽放出的丝同样是灼热熔岩。丝线编制成美丽的几何学图样，彻底包围了穿着白斗篷的少女。想必只要她动一根手指，就会瞬间被熔岩之丝缠身并焚灭吧。

"这阵仗全出自一匹眷兽吗？真是惊人。"

少女自信地瞟了瞟毫无空隙满布的琥珀色蛛丝。虽说形态是丝，既然同属于眷兽，实体就是浓密的魔力聚合物。在吉拉张开的蛛网中，雾化和操控空间的魔法都不能使用。要从阵里逃脱绝无可能。

"我也只会警告一次。请你投降。"

吉拉静静说道。不听从警告就只能杀你了——他的声音里透露着这样的苦恼。可是少女却眼睛炯炯发亮地嘲笑着说：

"没必要警告哦，吉拉·雷别戴夫。你伤不了我。虽然是为了保护同伴，对我出手的报应，你就收下吧。"

"——唔！"

霎时间，少女释放的魔力之强令吉拉哑口无言。遍布周围的熔岩蛛丝——吉拉那匹眷兽的身躯爆开了。它抵抗不了少女召唤的眷兽魔力，从身体内侧炸碎四散。既然逃不出蛛丝之阵，将它击溃就行了——少女的蛮横行为仿佛透露着这种信息。

"她召唤了眷兽？怎么可能，这股力量是——！"

现身的眷兽魔力过于庞大，连加坎也说不出话了。

难以形容的怪异魔物，迸发的浓密魔力遥胜吉拉和加坎的眷兽，恐怕也凌驾于瓦特拉的融合眷兽之上。能操控这等眷兽的，只有那几位——

最强、最古老的吸血鬼真祖。

"虽说过程出了些乱子，但也是不得已。不对，蛇夫就是料到会如此演变才安排了护卫吧——真有一套。"

少女傲然笑着施展力量。

解放开来的爆发性魔力撼动了"魔族特区"的天空，使天空染上一层青白色雷光。

7

察觉神秘少女来袭的，不只加坎他们。过度适应者——矢濑基树同样靠着布于古城周围的声响结界，掌握到了追踪者的存在。

加坎和吉拉会与对方交战，大致也在矢濑的估计之内。不过，少女召唤的眷兽规模远超出预料。

"喂，摩怪，那是什么玩意儿！我可没听说过！"

矢濑朝着智能手机怒吼。通讯的对象是由浅葱命名为"摩怪"的人工智慧——统管弦神岛的五具超级电脑的化身。

"哎……坦白讲，我也吓到了。无登岛记录，魔力波形突

破测定极限而无法估测。那是彻头彻尾的未确认魔族。"

摩怪用了乱有人味的口气回答。感觉它并不会真的吃惊，但查不到记录这一点恐怕并不是谎话。摩怪没理由在这种状况下欺骗矢濑。

"影像呢？不能从骨骼分析吗？"

矢濑冷静地点出端倪。透过设置在弦神岛各处的监视摄影机，摩怪应该储存了大量的岛民图像。和那些图档做比对，大有可能获得和少女有关的蛛丝马迹。

摩怪本身大概也想过一样的方法。它回答得很快。

"吻合的范本只有一个。相似率百分之九十八点七七九——"

"范本名称是奥萝拉·弗洛雷斯缇纳吗？"

"答得漂亮。就是第十二号'焰光夜伯'。"

摩怪用了明显在寻开心的口气说道。

矢濑忍不住朝旁边的大楼外墙抡拳。

"怎么可能……"

"咯咯……你觉得事到如今，第十二号不可能出现吗？既然如此，那女的会是谁？她可是轻松收拾了'战王领域'贵族的怪物。说不定就是真货哦！"

摩怪那看穿迷惘的设问让矢濑陷入困惑。火焰翻腾的七彩发丝、焰光之瞳、妖精般的稚幼姿色——所有特征都和过去曾待在这座岛的少女一致。那个少女和矢濑本身也有不浅的缘分。然而——

"那才真的没道理吧——你应该知道理由才对，摩怪。"

"也是啦。假设那个小妞是冒牌货，又怎么办？"

被摩怪点出问题所在，矢濑语塞了。他的职责单纯只是监视者，就算有天生的过度适应能力和人工岛管理公社的后援，也无望和那种怪物一搏。现在他就是恨这样的事实。

"结果我们还是只能坐以待毙吗？"

"不……看来那也有困难。"

摩怪同情矢濑似的发出了警告。当矢濑正要质疑"什么意思"时——

"没错。"

他眼前忽然传来赞同的声音。

什么——矢濑倒抽一口气。无人烟的大楼楼顶，离矢濑隔了几步之外站着一名男子。那是个戴眼镜、相貌斯文的青年。

青年穿着宽松的黑色中国服饰，气质令人联想到古代的仙人。不过称得上特征的部分只有这点，即使近距离对峙，他的存在感仍意外薄弱。

"接近时……居然没让我察觉！"

矢濑对那无法理解的事实感到动摇。他拥有经能力增幅过的超级听觉，连几公里远的脚步声都能分辨。即使因为神秘少女而分心，他也不可能浑然不觉地让对方接近到这里。

青年不带情绪地望着吃惊的矢濑，然后取出武器——长度稍微超出一米的全金属制短枪，枪尖和握柄都像吸收了光似的呈纯黑色。

那样的短枪有两把——

青年将左右手的短枪接起来，组成一把两端都有枪尖而外型显得奇特的长枪。

　　"因为你的能力对我来说有些麻烦，所以请你在这个关头退场吧，矢濑基树。旁观者只要一个就够了——"

　　"这样啊……记得监狱结界的逃犯总共有七个。你就是第七人吗！"

　　察觉青年身份的矢濑大吼。

　　大约一个月前，发生过魔导罪犯的逃狱事件。那天，和"书记魔女"仙都木阿夜一同逃出监狱结界的囚犯有七个。

　　尽管当中有六人已经被带回结界，却剩下一个逃犯去向不明。那就是这个黑衣青年。所有的记录都和罪状、能力一起遭到毁灭，详细不明，唯一留下的资料只有他的姓名——

　　"……弦神冥驾！"

　　矢濑从口袋拿出胶囊塞在嘴里，并且咬碎。随后，他的周围开始起风，风势不久就变成了狂风。

　　"希望你不要随便叫那个名字……也罢。"

　　青年被飕飕袭卷的暴风压迫，微微发出叹息。

　　不消一会儿，他眼前就出现了借光线折射所创造出的暴风巨人。那是矢濑将过度适应能力短暂性增幅后创造的分身——重气流躯。压缩成数十气压的气流肉体，破坏力可比拟局部性龙卷风。而且巨人体内只是单纯的空气，靠魔法并不能抵御，就连姬柊雪菜的七式突击降魔机枪也无法令矢濑的攻击失效。

　　"操纵气流的过度适应者……很有意思的能力。不过……"

　　青年望着那尊暴风巨人，静静地举起武器。漆黑长枪散发的幽邃凶光好似摇曳于黑暗中的鬼火。

　　于是，在暴风巨人的攻击触及那阵光芒时——狂乱的气流就随着巨人一起消灭了，仿佛从最初就不存在，现场只剩下一丝微风。

"重气流躯失效了……"

矢濑惊愕得凝息。青年所作的并非破坏暴风巨人。他面对攻击就连防御的意愿也没有，只是抹消了矢濑操控的异能力量。

"那把枪……是七式突击降魔机枪吗！不，不对……难不成是……"

矢濑终于察觉黑色长枪的真面目，并凭本能了解到不能和这男的交手。矢濑利用仅存的些许气流往背后一跳，打算避开青年的反攻。

可是，黑色长枪抢先发出的斩击扫中了矢濑的身体。遭砍伤的胸腔鲜血四溅，矢濑的身体撞破铁丝网，朝地面坠落而去。

"嗯……"

青年对嫌轻的手感皱起脸，并从铁丝网破洞俯望地面。

理应倒在地上的矢濑不见人影，铺了柏油的路面只有大片血泊。他带着那种伤应该动不了才对——

"真是顽强呢……哎，不过算了。"

黑衣青年小声地喃喃自语，视线则忽然停在楼顶角落。有一支智能手机掉在那里，大概是矢濑在战斗时匆忙遗落的。

破裂屏幕上显示出的文字是他的通话对象，更显示目前仍是接通的——

"总算见面了，我等所侍奉的王。"

嘀咕着的弦神冥驾满足地说着，恭敬地行了一礼。接着他缓缓朝智能手机伸出脚，重心直接放在脚跟，粗鲁地将手机踩

碎。屏幕玻璃粉碎，留下"咯咯"的奇妙笑声后，这次通话彻底结束了。

8

"记得在四年前——精确来讲是三年零八个月前的三月，意大利半岛的罗马自治区发生过列车的炸弹恐怖袭击。遇害的是列车人员、乘客和车站里的民众，死伤者超过四百人。这条新闻在日本也造成了轰动。"

嘴里塞满烤薄饼的浅葱瞪着笔记型电脑的屏幕这么说明。她旁边已经堆了四个被扫空的大盘子，以浅葱而言算是节制过的分量。大概是因为她相当专注于作业。

浅葱读取的是地方警察的内部档案。像恐怖袭击这类牵扯上政治的事件，政府会刻意隐瞒媒体或篡改一部分资料。据说她就是为了避免被那种资讯扰乱才直接调警方的档案。

由于早就过了午餐时间，MAR的员工餐厅里空着。古城和雪菜听浅葱说明，连饭都忘了吃。

"事件是发生在当地的下午一点。当天晚上八点多，受了重伤的凪沙就被MAR用专机送来弦神岛了。"

浅葱说到这里，苦恼似的捂住了眼睛。她带着叹息摇头。

"怎么会……"

"果然是那样吗……"

雪菜也和浅葱一样垂下视线，沉痛地低喃。

"咦？你们那种反应是怎么了？"

古城被她们的态度搞迷糊了。恐怖袭击发生于罗马自治区，古城兄妹俩在现场。然后为了治疗受重伤的凪沙，才会将她送来弦神岛。古城将说明的内容照单全收，也不觉得时序上有什么问题。

不过，浅葱却摆出一副嫌古城迟钝的表情看着他说：

你以为从罗马到弦神岛，搭飞机要花多久时间？"

"咦？啊……"

古城终于听出异常了。即使搭直达班次，从罗马自治区到东京也要花十二个小时左右。从东京到弦神岛又需要快一个小时——把转机的工夫算进去，应该还要花更多时间。就算ＭＡＲ安排了专机，当时抵达弦神岛的时刻也太早了。

"呃，可是这之间有时差吧？我记得两边大约差了八小时才对——"

"日本和罗马的时差是负八小时。弦神市的晚上八点，就是罗马当地的中午。"

雪菜淡然指正。古城则陷入立足点瓦解的错觉，茫然地摇摇头。

"……这是怎么回事？"

"表示炸弹攻击发生时，凪沙就已经入院了啊。她受的伤和那起事件没有关系，只是因为碰巧发生在同一天，所以被有心人当成送她入院的借口了。"

浅葱说着耸了耸肩。雪菜又接着补充：

"学长和凪沙没有事件前后的记忆，我觉得也是当然。因为你们两个从一开始就没有碰上炸弹袭击事件。"

"看来凪沙受伤时你们都在罗马的说辞也变得可疑了。虽然出国记录还留着，你们应该是去了欧洲没错……"

"意思是……我们之前一直被蒙在鼓里？"

古城有气无力地嘀咕，然后望着自己的手掌。身边的大人统统都在欺骗他和凪沙——这样的想象与其说是不愉快，更让他觉得诡异而惶恐，更不用说这骗局连亲生父母都有参与。

"可是，设那样的骗局有什么意义？那些人为什么要骗我和凪沙？"

"我也不明白……"

雪菜静静摇头表示关切。

"不过，恐怕和学长的体质不无关系。"

"古城的体质？"

回神的浅葱抬头看着雪菜。要知道古城瞒了她什么，就要先调查这个事件——之前开出这种令人费解的条件的正是雪菜。恐怕雪菜从一开始就已看穿古城被灌输的记忆是假的了。

"对哦……刚才你约好要解释给我听。趁这个机会，我要你们把隐瞒的事全招出来。"

被浅葱用认真的眼神瞪着，古城看开似的点头。总归来说，他自己也觉得迟早要向浅葱坦承这一切。

然而在那之前，古城想先确认一件事。

"呃，浅葱。凪沙的治疗记录应该都留在MAR吧——"

"这个嘛……应该是有啦。不过未经许可就偷看是违法的，而且也会侵犯个人隐私。"

浅葱似乎猜到了古城的企图，难得地口气踌躇。

古城却带着一副钻牛角尖的表情，将视线转向窗外。

隔着草皮广阔的中庭，对面盖了一栋拥有白色外墙的大楼——MAR的医疗研究所。凪沙应该就在那栋建筑里接受治疗吧。

"MAR那些人还不是骗了我们，彼此彼此吧。假如他们利用了毫不知情的凪沙，那才叫犯罪啦。"

"……事情就是这样喽，摩怪。"

浅葱深深呼气，叫了和自己搭档的人工智慧。光靠一台无力的笔记型电脑，要骇入全球屈指可数的高科技魔导企业MAR，就算是浅葱也有点勉强。因此，她大概是想找人工岛管理公社的主电脑来支援。

然而人工智慧却没有回应。

"摩怪？"

浅葱利落地操作键盘，并输入检查指令。平时没事就会擅自冒出来挖苦人的电脑化身，今天偏偏对浅葱的呼唤没反应。系统似乎出现了某种障碍。

"咦……"

"——唔！"

雪菜和古城同时发出惊呼。他们发现离MAR研究所不远的地方释出了强大魔力。就连对这一类迹象不算敏锐的古城，都能确切感应到那惊人的大量魔力。

"姬柊，这是——！"

"对，是眷兽。不过，这超乎常理的魔力是……"

雪菜抓起立在旁边的吉他盒冲向窗边。可以看见从大楼缝隙间露出来的电波塔像是被巨大刀锋砍过一样，正逐渐倒塌。

肯定是"旧世代"的吸血鬼——而且是贵族等级召唤出的眷兽下的手。魔力来源还不只一处。晚了一会儿，又有召唤新眷兽的动静传来。

古城等人首先想到的是加坎和吉拉。既然他们身为"战王领域"的贵族，能召唤这种等级的眷兽也不奇怪。

问题在于，有敌人逼得他们不得不用上复数眷兽这一点。

而且战斗还没有结束的迹象。这表示瓦特拉的两名心腹正陷入苦战吗——

"什么——"

随后，浅葱发出尖叫。周围变得简直像深夜一样暗，耀眼的雷光占满了整片天空。令人联想到陨石坠落的冲击让人工大地震动摇晃。

古城和雪菜愣得发不出声。他们两个都察觉到那阵冲击的真面目了。

笼罩人工岛上空的魔力聚合体——那正是加坎他们的对手召唤出来的眷兽。前提是带来这种惊人异象的玩意儿还能不能叫作眷兽。

就像过于巨大的质量会干涉重力，过于巨大的魔力光是存在于那里，就会让人工岛的机能失灵。大气浓密得令人窒息，视野变得扭曲，宛如被拖进深海之中。

能释放出这种强大魔力的眷兽，古城他们只认得一种。

那就是世界最强吸血鬼——第四真祖的眷兽。

"——古城，你看那边！"

闪电在极近距离下炸裂，有道人影伴随雷光降临在医院中

庭。浅葱指着那个人影大叫。在电光环绕下站在那里的是个穿白色斗篷的少女。她大概就是与加坎等人交手的"敌人"。

少女伸手一指。

仿佛受她的指尖引导，巨大雷球降落至地面。面对超脱常规的破坏力，避雷设备和防御结界都不堪一击。强大的热能和冲击直接扑向医疗大楼，令建筑物外墙粉碎。

最新锐的研究设施如今成了即将倒塌的废墟。同样的攻击若再来一次，建筑物八成就会被消灭得无影无踪。

"那家伙搞什么？凪沙在那里面啊！"

古城看了那一幕才终于回神。

那个少女的真面目是谁都无所谓。最要紧的，是她正想摧毁凪沙所在的建筑物。绝不能放任她那蛮横的行为。

可是，古城到底能不能阻止她？少女操纵的眷兽具有与古城同等甚至以上的力量——

"……呵。"

少女回头看着古城，仿佛已洞穿他的迷惘。脱掉的斗篷下，现出了她那妖精般的美丽脸孔，随暴风飞舞的七彩发丝，以及笑得挑衅的焰光之瞳。

"学长，我去保护凪沙！"

雪菜厉声一喝，响彻于战栗的古城耳边。

她从吉他盒抽出银亮的全金属制长枪。伴随着流畅的铿然声响，那把枪在她手里伸展变形，展开厚实的锋刃。

"姬柊！"

"蓝羽学姐拜托你了！"

雪菜单方面交代完以后，就冲破强化玻璃墙跑到外头。

中庭还留着少女施放的雷击余波。雪菜迎面冲了上去，银枪一闪，消灭了滞留的电光。她那把七式突击降魔机枪是能斩除万般结界、令魔力失效的破魔之枪。在场能对抗真祖眷兽的人类，除了带着那把枪的雪菜以外不作他想。

"那把枪是什么！她究竟……"

浅葱茫然地嘀咕。她不知道雪菜的底细，第一次见识身为剑巫的面貌难免会感到震慑。

可是，古城无法和这样的浅葱搭话，因为就连他自己也还深陷于动摇的情绪中。

"不会……吧……"

"古城？"

浅葱察觉到古城的模样不寻常，就抬头看着他的脸庞。

古城睁大的眼睛显得恍惚，只盯着一处。他看着雷光环身，狰狞微笑着的虹发少女——

"奥萝拉……你怎么会……"

古城的喉咙冒出悲怆得近似痛哭的一句质疑。

9

Magna Ataraxia Research——MAR，全球屈指可数的魔导产业复合体，光是设于弦神市内的研究设施就已拥有将近一千名研究人员的巨型企业。

在设施里负责保安的，是装设魔法回路的警备器——一种

大小和垃圾桶差不多，色彩鲜艳的小型机器人。

圆弧线条的外观有股说不出的可爱与滑稽。

不过说它们是保安机器人，也只是表面上的称谓罢了。MAR制造的警备器内部是军事用无人攻击机，研发用来对付魔族的试造兵器。

那些无人攻击机杀向入侵的少女，打算让她接受弹雨洗礼。

通过新研发的白金铑弹头，可对魔族造成半永久损伤的小口径高速咒装弹。据说这是连特区警备队都决定暂缓使用的凶恶弹头。

在三十台警备器各自以每分钟两千发的速率撒出的弹幕下，虹发少女仍不以为意地微笑，并且命自己的眷兽攻击。

笼罩上空的阴霾放出巨大雷球，接着化为无数光箭撒落在研究所用地内。散发出来的热冲击波粉碎了无人攻击机，更在建筑物外墙和地面刻下大规模的破坏痕迹。

守候在警备器后面的警卫惨叫着开始逃窜。

少女踏过无人攻击机的残骸，似乎有些意外地望着人们逃窜的背影。那表情像是对将枪口对着她的那些人竟能存活至今感到奇怪。

"哦，救那些家伙一命的，就是你吗——"

少女开着站在爆炸烟尘中的人影，愉快地舔舐嘴唇。抵挡住眷兽攻击的是个手持银枪的娇小少女。

"这样吗？听说为了监视第四真祖，派了个使用七式突击降魔机枪的好手。有意思——我对你多少有兴趣。报上名来，小丫头。"

"我是姬柊雪菜,狮子王机关的剑巫。"

面对少女高傲的质疑,雪菜口气毅然地回答。

近距离对峙下,少女的邪气超乎雪菜的想象。只要有一瞬松懈,战意似乎就会立刻被剥夺,威迫感强于雪菜以往对付过的任何敌人。

即使如此,雪菜仍持枪备战,让少女对她投以赞赏的目光。

"不要动。请你将眷兽解除召唤,听我的指示。"

"对我下命令?不知自己有几两重的莽撞年轻人倒是颇得我好感啊,叫雪菜的丫头。"

呵——狂放的深深笑意刻在少女嘴边。她头上冒出了一颗硕大的雷球,带电的空气令雪菜肌肤感到刺痛。不久后,巨大雷云便盖满整片天空——那朵云恐怕就是她的眷兽。

"但是,你的话我听不入耳,因为我的目的尚未达成。"

青白色闪光朝雪菜射了过来。常人绝对看不清的那道攻击被雪菜用枪扫落。狮子王机关的剑巫能透过灵视看到短瞬后的未来,靠着洞穿未来之力,雪菜成功迎击少女那匹名副其实快如闪电的眷兽。

随后,雪菜直接奔向少女。

"想用蛮力阻止我?你越来越让人中意了!"

面露喜色的少女再度发动攻势,但雪菜没有停下。她斩断灼热雷击,一直线朝着少女猛冲。然而——

"能斩除万般结界、令魔力失效的破魔之枪吗——尽管不够纯熟,但你使得还算灵活。不过光是如此,可挡不住我!"

"——咦!"

"雪霞狼"以主刃贯穿了少女——在雪菜这么认为的瞬间，她口里发出的却是惊呼。

她那把理应能斩断万般魔力的长枪，从旁受到冲击而偏离了轨道。

雪菜并没有受到眷兽攻击，而是少女徒手将"雪霞狼"打偏的。

穷追猛打的枪招被少女出腿挡下。随后她挥下手刀，也被雪菜以一纸之隔闪开。雪菜态势不稳，铁掌又重重轰来。这样的攻速让雪菜无法反击，光是立刻退身就已费尽浑身解数。

"怎么会有……这样的身手……"

强烈感到焦躁的雪菜不禁嘀咕。

毋庸置疑，眼前的少女是强大的吸血鬼。她操纵的眷兽破坏力则与古城——第四真祖的眷兽同等或更胜一筹。不过，单是如此并不可能让握有"雪霞狼"的雪菜陷入苦战。

让雪菜受到刺激的，是少女在肉搏战压倒性占上风的事实。雪菜和洛坦陵奇亚的歼教师以及兽人佣兵互搏时，都能取得平手或以上的优势，现在却被体格几乎和自己一样的少女逼到走投无路的境地。

不过虹发少女似乎同样佩服对手的能耐。她像是要赞赏毫发无伤地闪过攻击的雪菜，大大地点头说：

"呵呵呵，撑得好。不过——上吧，'修提库特里'。"

少女脚边出现的是新眷兽——一道令人联想到火山喷发的炽热火柱。蜿行如巨蛇的猛炎奔流从雪菜头顶直扑下来。

"'雪霞狼'——！"

雪菜对离奇的热能感到愕然，但还是及时作出反应，将所有灵力灌入长枪，迎击奔流的狂焰。纵使管它叫炽热奔流，其真面目仍是纯粹的魔力聚合物。能令魔力失效的"雪霞狼"一击就能消灭热能及火焰本身。

"……主动杀向火焰当中吗？明明只要在你败给恐惧的那一瞬间，'修提库特里'就可以将你烧得尸骨无存——这头阵打得精彩。虽然我出手经过拿捏，但能将这些眷兽挡下两次的人可不多。我准你引以为傲。"

虹发少女反倒痛快地夸了雪菜一番。对于那深不可测的自信，雪菜感觉到一股近似原始恐惧的疑问。

"你到底是……"

眼前这名少女和雪菜以往碰上的敌人都不同。以强度而言，与变成模造天使时的叶濑夏音相近。无穷魔力和绝对的不死特性；接近神圣的威迫感。和普通魔族相异的次元——少女存在于另一个崇高遥远的境界。

若要说和模造天使有哪里不一样，那就是环绕在她身上的并非神能，而是无限的负之生命力。

雪菜认识另一个尚未臻至完美，但算得上近似于少女的人。

晓古城——现任的第四真祖。假如他取回真祖原本的一切权能，或许就会到达和少女同等的境界。

然而，少女不可能是吸血鬼真祖。她美丽年幼的外貌和外传的三位夜之帝国领主都完全不同。

而且即使把据说不该存在的第四真祖算进去，吸血鬼真祖也只有四位——

只要古城身为第四真祖，她就不可能是真祖。

只要古城身为"真正的第四真祖"——

"怎么可能？这股力量……还有那副模样……难不成……"

雪菜握枪的手发抖了。

与其说她想通了，感觉更像是不愿去思考的事实被人摆到了眼前。

火焰翻腾般的七彩发丝、青白烁亮的焰光之瞳。令人生畏而口传下来的那副模样，不就是传说中真正的第四真祖——奥萝拉·弗洛雷斯缇纳吗？

容貌美丽如妖精的少女吸血鬼。

只看那虚幻的外表，大概还能断言她是冒牌货。

但她会用眷兽，能使唤除了真祖以外理应无人能驾驭的强大眷兽——

"上吧，'卡玛克斯特里'。"

虹发少女像是对杵着不动的雪菜失去了兴趣，静静地下令。

笼罩上空的黑云发出炫目雷霆。

那瞄准的并不是雪菜。劈开大气的雷光是朝着雪菜背后的某栋建筑物——半毁的医疗大楼伸展过去。

尽管雪菜一直在争取时间，但员工还没有避难完毕，研究所的附属医院里也有许多无法移动的住院患者。

可是少女的攻势并不留情。建筑物的避雷设备早被摧毁，凭"雪霞狼"也不可能将巨大的研究所完全保护好。没有方法能保护众人不受眷兽攻击。真祖眷兽的攻击威力形同天灾，应会造成令人绝望的破坏景象。

"唔？"

少女口中冒出低声惊叹。由地面释放出的另一道雷霆将她从天撒下的雷霆击落了。冲击四射的电光幻化成巨狮形貌，带着雷鸣般的咆哮令大气撼动。

"'狮子之黄金' Regulus Aurum ——！"

雪菜仰望着雷光巨狮的雄姿大喊。

总算来了吗——七彩头发的少女微笑着转移视线。

映于她眼中的，是领着眷兽站在那里的古城。古城毫不松懈地瞪着少女，并且代替雪菜站在前面。

"你没事吧，姬柊？"

全身环绕青白色电光的古城开口关心道。雪菜茫然地望着他那副模样。

"学长——"

"交换选手。浅葱拜托你了。"

古城麻木的口吻显得有些自弃。在场的不只雪菜和敌人，他召唤眷兽的模样当然也被浅葱看在眼里。

和秘密被发现的古城相比，撞见真相的浅葱应该更受动摇。可是，古城他们现在没多余心思可以分在浅葱身上。他能办到的，顶多只有确保浅葱的安全。

"学长，那一位……"

"嗯……她长得很像奥萝拉。"

古城瞪着虹发少女，无力地露出苦笑。

间隔短暂沉默，雪菜说出自己担忧的事实：

"那样的话，她就是真正的第四真祖吗？"

"所以我更免不了和她交手吧。"

古城的双眸绽放红光，全身喷涌出强大魔力。

"要是那家伙找上凪沙，就更不用说了！我绝不会让她对这间医院出手的。接下来是属于真祖之间的战争——"

在古城怒吼的同时，雷光巨狮咆哮。

巨大的魔力聚合体朝七彩头发的少女现出獠牙。少女脸上不显畏惧，只露出欣喜笑容。

她释放出强大魔力，和古城的魔力相互抗衡。

"'狮子之黄金'吗？真令人怀念——那就上吧，'卡玛克斯特里'！"

从少女头上降临的眷兽化为巨雷，扑向雷光巨狮。

同样身怀大量电荷的眷兽面对面发生了冲突。相搏造成的冲击波成了狂风，不分敌我地扫过四周。古城的脸焦虑得皱在一起。

"'狮子之黄金'居然……比不过那家伙？"

那画面让古城难以置信。"狮子之黄金"这一冲，在触及少女前就停下来了。傲称无敌的雷光巨狮被少女那匹眷兽的威力逼退了。

"不出所料，自称第四真祖的你果然还无法彻底驾驭眷兽！别让我太过失望啊！"

任秀发在暴风中飞扬的少女放声大吼。火柱从她的脚边窜起，化成一道侵袭古城的炽热奔流。

"上吧，'修提库特里'。"

"唔！迅即到来，'双角之深绯'！"
Alnas Minium

古城唤出的暴风眷兽将炽热奔流打落。为了避开逆流的猛焰，少女解除召唤的眷兽。

"呵呵……挡得好！既然如此——！"

忽然蹬地的少女飞身向前。

怪物般的加速度，凭吸血鬼的肌力也无法重现。

十几米的距离瞬间归零，少女伸出右臂向古城刺去，指尖上伸出了和她的纤纤玉手并不搭调的凶猛钩爪。

"这家伙……"

闪不开少女这一击——用直觉判断的古城又唤出另一匹眷兽。他全身变成了雾，少女打算用来贯穿他的右臂同样雾化了。

"雾之眷兽'甲壳之银雾 Natra Cinereus'吗——选得不错，但你大意了！"

少女运用自身魔力强行将违抗意识而正要消灭的右臂实体化。受牵连的古城也被解除雾化状态，遭到撕裂的左胸溅出鲜血。古城麾下能让万物变成雾气并消灭的眷兽，面对和自己同格甚至以上的吸血鬼一样不管用。

"唔哦……"

古城瞪着少女沾满血的右臂呻吟。身为吸血鬼，她的手臂却能变化得像兽人一样。

"我懂了……你是——"

"你总算发现了吗？不过太晚了！上吧，'修洛托尔'！"

少女召唤出第三匹眷兽——一尊巨大的骸骨巨人。

张开血盆大口的它有着一双丧失眼球的空洞眼窝，裸露在外的肋骨空隙被不反射任何光线的漆黑空间所填满。

随后，眷兽的肋骨如门扉般开启，从中满盈的黑暗像炮弹一样射出。漆黑炮弹贪婪地剞凿着整个空间。

不妙——古城全身僵冷。骸骨巨人瞄准的并不是古城，而是他背后的建筑物。虹发少女始终冲着凪沙所在的医疗大楼发动攻势，目的大概就是为了挑衅古城！

但面对剞凿空间的攻击，要怎么做才阻止得了——！

"迅即到来，'龙蛇之水银'！"
Al Meissa Mercury

古城唤出眷兽——身覆水银鳞片的双头龙。它们张开巨颚，反将周围的空间连漆黑炮弹一同吞入口中。

可是，要吞下同格眷兽施展的攻击，对身为"次元吞噬者"的双头龙似乎也有负担。古城因此消耗掉大量魔力，不由得双膝跪地。

虹发少女似乎同样耗费了不少体力。也许是充分示威后已感到满足，她解除了所有召唤的眷兽，满意地露出微笑。

"——漂亮。我命令'修洛托尔'发出的空间毁灭，没想到会被你连着次元一起消去。原来如此，你就是靠着那种机灵才从'焰光之宴'存活下来吗？"

"你说……焰光之……宴？"

耳熟的字眼让古城心窝一揪。过去理应丧失的记忆正深深刺痛着他。

"我也想再试试你的能耐，不过时间到了。也好，反正目的已经达到。"

久违的耀眼阳光让少女眯着眼开口。

她看向的地方是医疗大楼。尽管中途被古城阻挠，少女的眷兽仍将大楼外墙挖去一整块，让设置在地下深处的实验设施

完全暴露在外。

厚实的金属内壁、强化用的钢筋、高压电缆和冷却液循环装置，以及无数计测仪器。死板的空间让人联想到工厂内部。

摆在中央的金属床上有个娇小的少女沉睡着。

只穿着单薄病患服的模样，让人联想到躺在祭坛上的祭品。

"凪沙！"

古城望着沉睡的妹妹，杵在原地。

宛如照镜子似的，有另一个少女睡在躺着的凪沙旁边。

那个少女被冰河般澄澈的苍白冰块包覆。

古城无言地望着过去曾被称作"妖精的灵柩"的那个冰棺。

10

"古城的身份是第四真祖？"

虹发少女和古城的战斗好像告一段落了。静寂忽然降临，现场只听得见浅葱质疑的声音。

浅葱的视线对着雪菜。她双手抱头，愤然瞪着为了保护自己而回来的雪菜。

"你说那个笨蛋变成了世界最强的吸血鬼……是什么意思？然后你是国家特务机关派来监视他的人？什么跟什么嘛，莫名其妙……真是够了！"

"对不起，我愿意为之前隐瞒的事道歉。不过……"

雪菜严肃地低头赔罪。然而她的嗓音却带着一丝困惑的意味。浅葱会发火是理所当然，即使如此，她的反应还是和雪菜预想的有些差异。

"呃，你似乎不怎么惊讶……"

被雪菜战战兢兢地提醒，浅葱鼓着腮帮子，拨弄着头发说：

"我在魔族特区住了十年以上，事到如今才不会因为熟人是吸血鬼或攻魔师，就吓得叫出来啦。而且听你一提，可以想到的蛛丝马迹也很多。基本上，都当面看到那种玩意儿了，不信也得信吧。"

"嗯……对不起。"

冷静想想，雪菜并没有理由道歉，但受到浅葱的气势逼迫，她忍不住就低头了。

"重要的是，姬柊！"

"请……请说！"

全身缩成一团的雪菜抬起头。浅葱把脸贴到她面前，眼睛盯着她细细的颈子。

"你和古城，是不是已经……"

"什……什么？"

"我是在问你们有没有吸血和被吸的关系啦！"

浅葱粗鲁地伸手在旁边的桌子上一拍。她的问题来得太突然，让雪菜脑里一片空白。

"咦！那个……要怎么说呢？过去是因为情况紧急……"

"那就是有，对不对！几次？"

"这……这个嘛——"

雪菜不禁扳着指头数了起来。她没有心理准备，因此想不到随口敷衍这样的选项。

"那个男人啊！"

"蓝……蓝羽学姐？"

浅葱看了雪菜弯起的手指，顿时气得翻眼。对浅葱来说，古城是不是人类似乎并不重要，他的嘴唇有没有接触过雪菜的肌肤——这一点好像才是最要紧的。

想要找话打圆场的雪菜，神色却忽然变得凝重。

"对不起，蓝羽学姐。那些事我们之后再谈——"

银枪一转，雪菜不出声响地走向前。她的视线前方有个无声无息出现的年轻男子身影。那是个身穿黑衣，看起来相貌斯文的青年。

"他是什么人？"

起戒心的浅葱全身紧绷，或许是男子让她有了不祥的预感。

"这个人是逃犯，从监狱结界逃出来的——"

"监狱结界？"

雪菜的简短说明让浅葱整张脸僵住了。她对于"监狱结界"有无法当成都市传说一笑置之的理由。在十月底的波胧院节庆晚上，浅葱曾经和监狱结界的逃犯展开死斗。她比任何人都了解那些人的可怕。

"啊……你就是那时候的剑巫吗？"

黑衣男子——弦神冥驾瞧了瞧雪菜，微微地失笑出声。他握在手里的是左右成对的短枪，硬是接在一起以后就成了一把长枪。

漆黑长枪发出的妖异光芒让雪菜讶异得瞠目。

"那把枪难道是——"

"总要被认出来的吧。这是零式突击降魔双枪——遭狮子王机关'废弃'的失败作。"

"——唔！"

雪菜的眼神越显严肃，并不是因为逃狱青年说出狮子王机关的名称让她动怒。他那把样貌奇诡的枪，她一眼就能看出是用和"雪霞狼"同种技术造出的武器。

吸引雪菜注意力的并非枪本身，而是枪上沾染的异味——全新的血腥味。

"你把矢濑学长怎么了？"

雪菜的质疑让浅葱肩膀发颤。在这种状况下，若要问逃狱的青年会对谁下毒手，大有可能是中途离开的古城好友。

像是要肯定雪菜她们的怀疑，青年温和地微笑了。

"不要紧，他没死。大概还没有。"

"唔——"

下一个瞬间，雪菜蹦也似的冲了上去。继续对话并没有意义，她认为应该先消去青年的战力。

雪菜超乎魔族反应的神速一击将男子手里握的枪打落，并且敲向他的侧头部——原本应该是如此。

"咦！"

然而，从枪身并未传来手感，使得雪菜愕然停下动作。

"怎么了吗？"

青年若无其事地从雪菜背后出声。他什么也没做，为了闪避冲刺的雪菜，他只是朝旁边踏了一步。

怎么可能——雪菜惊呼。

雪菜通过灵视，确实看见了青年的下一步行动。她的攻击应该绝不会落空。

"姑且忠告你一句，你无法打倒我。正因为你是优秀的剑巫才伤不了我。"

青年淡然地告诉雪菜，口吻好比师父指点不成器的徒弟。他根本从一开始就不当雪菜是对手。

"狻猊之神子暨高神剑巫于此祀求——"

雪菜静静在口里编织祷词。她将体内修炼的所有咒力灌入"雪霞狼"，转换成斩除魔力的神格振动波光芒。无论弦神冥驾布下任何魔法，在这道光芒之下都将失去效用才是——

可是"雪霞狼"绽放的迷人光芒在触及青年身体前就完全消失了。被抵消的并非他的术式，而是雪菜释放的神格振动波。

"……这把零式突击降魔双枪是失败作。七式能让邪障的魔力失效，同时增幅你身为巫女的灵力——不过，这把零式却会让魔力和灵力一并消灭。"

冥驾望着动摇得无法行动的雪菜，轻视般微笑。

"因此这把枪被封印了。理由是它太过危险。"

"怎么可能……在灵力和魔力都被阻断的状态下……你……居然还能活着……"

雪菜的声音透露出焦虑。万物皆有阴阳，如同有开始就有结束，灵力和魔力间的对抗代表着生命本身的起伏。人类也好，魔族也罢，在灵力和魔力被切离的状态下就不可能维持生命。因为和生死都无缘，与"不存在"同义。

"我的体质就是这样，不受任何异能之力影响，彻头彻尾

属于旁观者的肉体——要是没有这把枪，这种体质也派不上用场就是了。"

青年用黑枪指向雪菜。雪菜的灵视无法预测他的下一步行动。确实如冥驾所说，他的枪是操控灵力的剑巫的天敌。越是优秀的剑巫，越会被那把枪颠覆原有的优势。

雪菜并没有连长年修炼的武艺都被剥夺，可是依靠洞穿未来换取的反应速度，以及利用咒术强化的肌力都被封锁，雪菜就相当于运动神经稍微好一点的普通少女。在目前的状态下，究竟能不能打倒监狱结界的逃犯——

"住手！"

决意要舍身发动攻势的雪菜被浅葱厉声喊住。

接着在屋里响起的，是来得突然的激烈枪响。

"到此为止。别动！"

打开笔记型电脑的浅葱一脸严肃地对着冥驾。

在她脚边有一具色彩鲜艳的机械，模样让人联想到忠心的看门狗。用枪口指着冥驾的那具机械，正是MAR公司制造的警备器。

浅葱透过研究所内的网络掌握了警备器的操控权。之前对吸血鬼发挥不了效用的无人攻击机，用来对付普通人类已有足够杀伤力。

"能让魔力和灵力失效，表示你防不了物理攻击吧。只要你从那里移动一步，这具警备器就会让你变成蜂窝。"

浅葱将手指搁在键盘上郑重警告。

雪菜哑口无言地望着她的脸。浅葱的腿微微发抖，看起来

146

确实还在害怕。毕竟她是没有受过战斗训练的普通女高中生，这也是理所当然的。

然而，从困境中搭救雪菜的，正是身为区区一名普通女高中生的她。

"哈……哈哈哈……哈哈哈哈哈哈哈哈哈哈！"

和雪菜一样愣住的冥驾忽然放声大笑。

那并非嘲笑，也不是自暴自弃，而是属于开心痛快的大笑。

"有什么好笑？"

浅葱不耐烦地问，或许是认为自己被看扁了。

冥驾却缓缓摇头，并且放下枪对浅葱恭敬地鞠躬。

"在这么短的时间内就能黑入保护严密的警备器，还安装了能随心操控它的程式啊……你都没有自觉，那是多夸张的能力吗……"

"咦……"

黑衣青年的赞赏让浅葱听得一脸无措。对于他一百八十度转变的态度，浅葱应该正在犹豫该如何反应。

雪菜也同样感到困惑。浅葱的黑客技术确实达到了不寻常的境界，但她还是不明白冥驾惊叹成这样的理由。

然而，冥驾却满意地微笑着解除了双枪的连接——

"不枉我一直监视。那一位所等待的，正是你的这股力量。"

瞬间，被他抹消的灵力和魔力都恢复了。

雪菜因而取回剑巫的力量，不过那也代表冥驾变得可以使用咒术了。身穿黑衣的他周围冒出了无数墨迹般的字样。

"空间操控术式！"

"那算什么嘛！简直是作弊！"

浅葱命令警备器开枪威吓，瞄准的是冥驾手握的短枪。然而，发射的子弹被冥驾张开的咒术结界拦住了。

"那么，后会有期，'电子女帝'蓝羽浅葱。不对——要叫你该隐的巫女吧。"

黑衣青年静静说完就消失了踪影。

雪菜她们只能愣着目送他离去。

11

分不清从哪里传来了警铃声，来者大概是特区警备队的维安部队。毕竟有真祖等级的眷兽在市区作乱，就算MAR不报警，特区警备队会大举涌上也是自然的事。

MAR的用地内景象惨不忍睹。

曾经美丽的中庭被烧得焦黑，连人工岛地基都显露在外。建筑物的玻璃全数粉碎，损害密集的医疗大楼更随时可能倒塌。

即使如此，单从结果来看，损害应该仍算得上是轻微。

因为两名吸血鬼真祖正面交锋，只带来这点程度的损害就结束了——

"不愧是我等崇敬的真祖，两位的战况让人看得十分享受。"

强大魔力的余波仍挥之不去，却有一阵清朗嗓音传到了呆站着的古城等人耳里。

不久后，无物的虚空伴随玻璃摩擦般的刺耳声响迸出裂痕，从中现身的是一片黄金雾气。雾气逐渐变得明亮，化成俊美男子的模样。

化成金发碧眼的吸血鬼贵族——

"没想到你受制于我的眷兽，还能独力脱困。"

啧——虹发少女嫌恶地咂嘴嘀咕。

"先夸你一句厉害好了。想来你还能脱困得更早，之所以没那么做，难不成是为了趁机取下我的首级，瓦特拉？"

"您说笑了，陛下——"

彻底具现化的瓦特拉恭恭敬敬地行礼，看似殷勤却丝毫不显卑微。这男人和做作的举止相衬得令人火大。

少女有些傻眼似的叹道：

"实在治不了你，不愧是那位战王的心腹。真希望能让我的血族向你看齐啊。"

"……陛下？"

古城一脸纳闷地问了瓦特拉。从他们俩的对话听来，瓦特拉似乎已经和少女交过手，还被囚禁于某处。不过虹发少女对于瓦特拉而言，似乎是尊敬的对象。

没错，瓦特拉确实说过。他指着古城和少女，称呼两人为真祖——

"您正是中美夜之帝国'混沌境域'的领主，率领着二十七匹眷兽，拥有数不尽的化身的无相第三真祖——'混沌皇女'对吧？"

"我不喜欢那种隆重的称呼。叫我嘉妲就好。"

少女没有否认瓦特拉的臆测，使坏似的笑了。

不知不觉中，她的发色已经改变，从带着七彩光芒的金发

变成仿若宝石的淡绿色。眼里如焰光般的青白光芒也跟着消失，变成了像深邃湖泊一样的翡翠色泽。

外表的年轻程度依旧，但妖精似的虚幻感不见了，取而代之的是一张令人联想到野生母豹，既娇媚又毅然的美丽脸孔，和方才的少女截然不同。那大概就是她——第三真祖"混沌皇女"的原来面貌。

"化身……是变身能力吗？你用那种能力扮成奥萝拉？"

"得罪之处，容我向你赔个不是，晓古城。我没有愚弄你的意思。"

嘉妲口气沉稳地回答了古城的问题。她那翡翠色的眼睛试探般直直望向他。

"不过要让你使出真本领，我认为那样做是最容易的。"

"嗯，也是啦……多亏你，我全部都想起来了。"

古城颤抖的声音里带着静静的怒气。那并非针对嘉妲。他气的是过去的自己，愤慨的也是遗忘了那些的自己。

凪沙以及在冰块中沉睡的少女，加上和有着奥萝拉外貌的少女交手，唤醒了被古城遗忘于深层的记忆，原本冻结的愤怒与绝望也一同复苏了。

"是吗？那么我的职责就到此结束。"

嘉妲语气和缓。接着，她眼中浮现残酷的光芒，抬头瞪了半毁的医疗大楼。

"不过这个叫MAR的组织玩弄了可悲的第十二号亡骸——对这些家伙，我倒觉得该给他们应当的报应——"

"住手。"

古城用带着静静怒气的眼神看向嘉姐。两人的视线如刀刃般交锋。

"你这局外人别插手，这是属于第四真祖的战争。"

"气势不错，难怪瓦特拉会中意你。有意思。"

嘉姐满意地点了点头。

"那这次就卖个面子给你，晓古城，我等着在'混沌境域'和你相会。在那之前，你先取回自己失去的东西吧。"

少女的身影失去质感，像是融入虚空一样消失了。她大概是用了将瓦特拉封入异空间的眷兽力量。

光是她消失，就能感觉到周围大气的凝重感减轻。毫无疑问，第三真祖"混沌皇女"是威迫感夸张得超乎想象的吸血鬼霸主。

"那位老奶奶还是和以前一样恐怖。你被麻烦的对象盯上了呢，古城。"

瓦特拉用同情般的目光望向古城。

古城从带着打趣调调的这句话背后感受到阴狠的较劲意味。对战斗贪求得无厌的瓦特拉八成也将嘉姐当成未来要吞噬的目标之一吧。而嘉姐也明白瓦特拉的想法，还刻意放他一马。两人彼此都追求着更强的敌人——也许那就是他们身为魔族的骇人本能。

"你有资格说别人吗？"

古城厌烦地板着脸问，然后又十分不情愿地补了一句：

"不过，刚才还好有你帮忙。谢谢。"

瓦特拉听了古城格外客气的道谢，微微地呵呵笑了出来。

被你察觉了吗——淡淡的苦笑里仿佛如此透露。

和古城交手时，嘉姐最后曾提及"时间到了"——

那恐怕就是指瓦特拉已经从异空间归来的意思。要同时和古城、瓦特拉为敌，纵使是第三真祖也可能双拳难敌四手，所以当时她才不得不放弃和古城交锋。

万一继续缠斗下去，即使古城能存活，肯定也不会只留下这点灾情就了事。结果弦神岛还有古城等于是被瓦特拉救了。

"哈哈，古城，这样说太见外了。我心爱的第四真祖。"

瓦特拉用夸张的语气说完，就张开双臂欢迎古城。古城本能地感觉到危险，不自觉地准备后退。这时候——

"古城！"

脸色骤变地闯入他们之间的，是个穿着彩海学园校服、发型华丽的少女。她把爱用的笔记型电脑当成盾牌举着，好用来牵制瓦特拉。

"浅……浅葱？"

"你们两个，果然……"

"咦！"

被浅葱用看待脏东西的眼神盯着，古城的声音严重变调。

"不……不是啦。那都是这家伙自己乱讲——"

"谁知道啊！"

戒心毕露的浅葱直瞪着古城。由于以往瞒了她太多，古城似乎完全失去信用了。要解开这层误会看来不容易。

瓦特拉略感兴趣地看着他们的互动，然后说：

"不好意思，古城。虽然想慢慢和你谈心，不过我也担心我那些部下，这里的事后处理就交给你了。"

"咦！"

瓦特拉随口交代的内容让古城更加心慌，因为再过不久就会有大批特区警备队涌来。

MAR的设施遭重创，负伤者众多。以设备的损毁来看，程度恐怕不是一两亿就能应付得了。而且主犯嘉妲已经跑了，总不会要古城替她担起责任吧？

"该隐的巫女吗……不错。局面似乎会变得很有趣，你差不多该要有准备了。"

瓦特拉意有所指地说完这些，就变成雾消失了踪影。

被留下来的古城望着晴朗的蓝天陷入绝望。

"学长，她……"

雪菜在古城身边咕哝着问了一句。她盯着的是安放在医疗大楼地下的巨大冰块，以及躺在其中的少女。

"她才是真正的奥萝拉，第十二号'焰光夜伯'。"

古城声音沙哑地提起那个理应已经遗忘的名字。而浅葱依偎在古城身边，悄悄地揪了他的袖子。

"她在睡吗？"

不——古城摇头。少女闭着眼睛，待在绝不会融化的冰棺之中。

火焰翻腾般的七彩发丝；宛如妖精的虚幻容颜。以往那片朱唇唤过古城的名字，也曾经对他微笑过。

但她不会再醒来。

"她已经死了。"

躺在冰棺中的少女，胸口处散发着银色光芒。

仿佛刺穿了她的心脏——

上头有一道全金属制的小小尖桩。

古城感伤地垂下视线嘀咕：

"是我亲手杀的——"

第三章 小丑的追忆
Reminiscence Of The Zany

1

矢濑基树初次来到基石之门是在十二岁时的春天，即将升初中前某一天的事。

"魔族特区"弦神市——

尽管形式上被划分为东京都，但在特别行政区负责施政的则是名叫人工岛管理公社的组织。矢濑家现任当家，同时亦为矢濑父亲的矢濑显重正是公社的理事。就在不久之前，矢濑被人用父亲的名号召了过去。

穿过好几道安检来到公社办公室以后，有个令人意外的人物等在那里。矢濑几磨——比矢濑大十岁的同父异母的哥哥。他在北美联盟的知名研究所拿过硕士学位，目前除了在弦神市内的大学研究统计数秘术，也兼任显重处理类似秘书的职务。以能力和实绩来说，他都是被视为显重继承者的男人。

"——晓古城？那是什么人？"

矢濑口气轻慢地反问坐在广阔房间内的几磨。

坦白说，矢濑该庆幸谈话的对象并非父亲而是几磨。相比起本家的其他人，这个狡猾又富野心的异母兄弟，和矢濑比较合得来。

尽管几磨身为矢濑家的继承人，具备没话说的实力，但家族至今对小妾生下来的他仍有根深蒂固的偏见。几磨和被当成后段过度适应者养大的矢濑在境遇上算同病相怜，或许那就是他们合得来的缘故吧。

“这个少年和你同年，下个月就会编入彩海学园初中部。”

几磨说着就在屏幕上放了一张看起来还显年幼的少年照片。那好像是住院时拍下来的，照片的背景在病房。少年的运动神经似乎不错，但除此之外并没有明显特征。矢濑看了那张感觉不出乖戾性格的脸，嘴里数落着：“还是个小鬼嘛。”

“本家下了命令。基树，监视这家伙。”

“监视？”

几磨说的话让矢濑露出纳闷至极的脸色。

并不是哥哥的命令叫人意外。在本家的命令下，以往矢濑也执行过几次类似的任务，与生俱来的过度适应能力显示他适合担起这样的职责。矢濑家属于代代有过度适应能力者辈出的家系，对待矢濑这种小孩已经驾轻就熟。

不过矢濑以往的监视对象只限于有渎职嫌疑的政客，以及策划非法交易的企业家一类的罪犯。受命监视罪犯以外的一般民众，而且还是同年代的小孩，实在是头一遭。

“这并不是要你有什么具体作为。总之只要接触这个少年，将他的行动整理成报告就行了。学校那边由我来安排，会让你和他分在同一班。”

几磨无视于矢濑的困惑，公事公办地继续做了说明。矢濑望着被交到手上的资料，惊讶似的噘了嘴说：“咦？”晓古城的身体资料属于普通人类，让他挺意外。

“所以这家伙不是魔族嘛。”

“哎，也对……假如他是普通魔族，事情或许会比较单纯。”

几磨说着便露出生厌的脸色，矢濑越显混乱地瞪着哥哥。

以平时有条有理到让人不太耐烦的几磨而言，这番话讲得颇不得要领。

"什么意思？"

"你要看吗？"

几磨从桌子抽屉拿出信封，摆到矢濑的面前。矢濑收下后皱了眉头。信封里面疑似是少年的胸腔骨骼照片。

"这是？"

"晓古城的X光照片。右侧腹部第四和第五根肋骨的颜色不同，你看得出来吗？"

"嗯，可以是可以……"

不用透着光看照片立刻就能瞧出端倪。

他的肋骨当中有两根明显不是普通人类的骨头。不由得令人联想到水晶的半透明光泽，即使在黑白的X光照片上也能清楚辨别。

矢濑装成一副在端详照片的模样，无意间却也想到了其他事情。右边的第四、第五根肋骨——那不是以往被称为上帝之子的人物被长枪刺穿的部位吗？

"那不是他原本的肋骨，而是经过移植——应该说交换来的骨头才对。"

"交换肋骨？到底和谁换来的？"

"可能会成为第四真祖的女人。"

"啥……"

几磨的话不带感情，让矢濑愣得露出呆头呆脑的模样。然而，几磨却不像在胡闹。

"你知道吸血鬼的'血之随从'吧？"

"嗯。就是吸血鬼将自己的肉体一部分赋予他人，创造出来的假性吸血鬼——对吧？"

矢濑说出以"魔族特区"居民而言挺正常的知识，这才恍然大悟地吞了口气。

"喂，该不会——"

"虽说吸血鬼拥有荒谬的再生能力，但是赋予随从的肉体部位缺了以后就不会再生，所以一般都是通过赋予血液来创造随从。不过，为了创造更强大的随从，据说吸血鬼就会赋予对方更重要的器官。"

"这家伙拥有真祖的肋骨吗……"

窜上心头的原始恐惧让矢濑全身汗毛直竖。吸血鬼的"血之随从"会从主人那里继承吸血鬼能力的强弱，依照随从原本的肉体规格和主人的相配度而定，据说随从的力量甚至能凌驾于身为感染源的吸血鬼。假如晓古城这个少年确实是真祖的"血之随从"，不就表示他是和真祖同等级的怪物吗——

"被女人赋予肋骨的少年——和神话正好相反啊。"

呵——几磨嘀咕时难得用了说笑的语气。或许他是想到旧约圣经中，神用了亚当的肋骨创造夏娃的那段记载。

"不管怎样，以吸血鬼赋予随从的部位来说，那是最顶级的货色。毕竟人类肋骨中含有造血组织。"

几磨又用回了冷冷的嗓音继续说道。矢濑几乎没有医学知识，不过光听了哥哥这番话，他就明白晓古城所处的状况有多异常了。晓古城继承了象征吸血鬼力量的"血液根源"。

"这家伙会是真祖的'血之随从'？"

矢濑又一次望着晓古城的照片嘀咕。几磨却静静地纠正：

"他是有可能成为真祖'血之随从'的少年。就目前阶段来看，他只属于普通人类，身上拥有第十二号'焰光夜伯'肋骨的人类——如此而已。"

"第十二号……那是什么意思？"

"这你不必知道。"

几磨说着，神经质地摸了摸刘海。

然后，他将一个大纸袋扔到矢濑面前。纸袋里是胶囊药剂，药名和厂商名都没有标示在药的外包装上。

"这是？"

"增幅药——配合你的体质加工制成的化学药剂。效果只有暂时性，但可以将过度适应能力增幅到接近四百倍。你当作以防万一的保险就好，虽然没有直接的副作用，但别用过头了，会让人短命的。"

"你在担心我？"

矢濑一脸傻眼地苦笑。几磨把这种危险玩意儿交给小学刚毕业的弟弟，即使口头上表示担心，听起来也只像讽刺。

身为合理主义化身的异母兄弟，却带着认真的表情回答：

"我会利用有利用价值的东西。就这样。"

"对哦。"

呸——矢濑吐舌瞪着几磨，这童稚举动合乎他的年纪。

几磨带着叹息，制止了打算直接离开办公室的弟弟。

"基树。"

"嗯？"

矢濑回过头。依旧没看他的几磨用自言自语的口气说：

"你的职责终究只是监视。要和对方亲近无所谓，可别投入感情，否则会让你难过。"

"那是谁的经验之谈吗？"

矢濑轻轻抱起被交到手里的纸袋，有些感伤地笑了。

"我会记得啦，大哥。帮我向老爸问好。"

2

坦白说，监视晓古城的任务很无趣。

四月底编入学校的晓古城并没有违背矢濑的第一印象，是个平凡无奇的少年，日常生活和一般初中生的行为模式也没有多大差别。

即使如此，矢濑仍忠实遵守本家的指令继续监视。

顾虑到住在本家的母亲是原因之一。矢濑的母亲并没有强大的亲属后盾，而且又体弱多病，在一族当中地位偏低。为了保障她的生活，矢濑必须表现出才干。

至于另一个原因，纯粹是矢濑中意古城这个人而已。

平时看来慵懒不可靠的少年晓古城，只有在偶尔认真时才会显露出狰狞的破坏本性。对于在身边看着的矢濑来说，他不时展现的支配力和决策力十分耐人寻味。

古城这样的双面性给矢濑一种危险的印象。他会觉得无法移开视线，或许这就是原因。

认识两年以后，矢濑就忘掉监视的任务，不知不觉间把古城当好友看了。

尽管他内心也有自觉，这会违反异母兄弟的忠告——

"——古城！"

某个秋高气爽的日子，矢濑在放学时看见古城，于是叫了他一声。

离彩海学园最近的车站附近有块空地。古城一个人在那里朝着篮球斗牛用的破烂篮框默默地练习罚球。

"你在这种热得要死的地方干嘛？来体育馆露个脸啦。那些学弟会很高兴哦。"

"拉倒吧。为什么我非得免费当他们的教练？"

古城察觉矢濑走了过来，懒散地回头。

古城和矢濑都是篮球社社员。由于他们已经初中三年级，基本上在夏季大赛比完以后就会引退。不过古城他们就读的是初高中一体制的彩海学园，如果没有规划考其他高中，就算到社团露脸练球也不会被别人说什么。

先不管常翘掉练习的矢濑，曾经是球队王牌的古城回去露脸肯定会大受欢迎。

然而，古城还是选择了一个人练习投篮。

在四季常夏的弦神岛，即使是秋季，白天气温仍直逼三十摄氏度。在这样的高温下，穿校服的古城满身大汗。

"唉，你真的不再打篮球了吗——"

矢濑坐在球场旁边的阶梯上望着投篮的古城。

"高中部篮球社人数不够，目前也没有活动吧。毕竟听说五十岚学长还有柳学长都退社了。唉，我暂时想悠哉过一阵子。"

古城提起以前曾关照过他的学长名字，搪塞似的回答问题。

矢濑无奈地叹气，捧着腮帮子说：

"这样真的好吗？除了篮球，你就真的没什么长处了。"

"少管我啦！还有，你不要一开口就将我未来的发展全部否决掉！"

彻底投偏的球砸在墙上，让古城对矢濑投以怨恨的眼神。

初中最后一场比赛结束以后，古城就完全不接近体育馆了。碰上社团的队友，他顶多聊聊日常，刻意回避有关篮球的话题。然而对篮球依依不舍的他，还是会像这样躲起来练投篮。

那模样有种可怜的味道，但矢濑没有瞧不起他的意思。

因为矢濑知道古城害怕的是什么。

大赛里最后一场输掉的比赛——

比赛中的古城确实会比平时更专注，专注得让人不敢随便叫他。可是古城在那天的活跃已经夸张到异常的地步。

跳跃力和反应速度超乎常人，投篮同样精准。传球失误虽多，不过原因是出在队友无法赶上古城要求的速度。

比赛从中盘开始就变成古城的独角戏，然后终于发生状况。

运球强行冲破防御的古城，和敌队想靠犯规来拦下他的选手冲突，结果敌队的选手受了重伤。

比赛因而暂时中断，甚至还闹到叫救护车。

古城本身并没有过错，但他仍大受动摇。

更让古城受到打击的是队友看他的眼光。

那些人都害怕地望着古城。当古城回到长椅治疗时，他们已经没有继续比赛的意愿。古城只能在长椅上眼睁睁地看着队伍节节败退——于是他就不再上球场了。

"我拿你的情报当饵，和外校的女经理混熟了——"

为了不让古城自责，矢濑用了耍宝的口气。

"你都在忙那种事吗？"

开什么玩笑——古城气得龇牙咧嘴，矢濑一脸不以为意地吹起口哨。从打球的习惯、喜欢的食物，乃至于有没有女友——反正矢濑横竖得调查所有和古城有关的资讯，然后写成详细报告。事到如今就算外流那些情报赚点零用钱，矢濑也不会感到愧疚。

话说回来，古城为什么会在这种大热天一直练罚球——

当矢濑想到这种单纯的疑问时，背后传来声音。

"抱歉——古城，等很久了吗？城守老师讲话拖太长了……这是给你的伴手礼。"

如此说着冲下楼梯的是个容貌格外醒目的初中女生。她一身初中部校服穿得花哨亮丽，两手还握着罐装饮料。

"哦？浅葱？"

矢濑看到自己的青梅竹马，讶异得眨眨眼睛。对方好像也同时注意到了他的存在，像是莫名心慌地拉高了讲话的音调。

"你……你怎么会在啊，基树？"

"噢噢……哎呀哎呀……难不成你们是约好在这边碰面？哦——这还真是……"

矢濑没回答浅葱的问题，还摆出一副夸张的惊讶模样。浅葱看了他的反应，火大地红着脸说：

"你你……你在误会什么嘛，白痴基树！"

"咕哦！"

砸过来的罐装饮料直接命中矢濑的腹部，让他忍不住猛咳。

"痛死啦！你啊，正常人会拿整罐饮料砸过来吗！这样会死人的！"

"还不是因为你乱讲话！我只是听说古城要去凪沙住的那间医院，才想说要跟着一起去探病——！"

浅葱一边拿起书包朝痛得死去活来的矢濑背后猛砸，一边找借口。

矢濑拼命忍受她的攻击，抬头看着古城说：

"探病？凪沙身体又不舒服了吗？"

"从周末开始就有一点……"

淡然嘀咕的古城则把脏掉的篮球收到包里。

尽管古城佯装平静，矢濑还是知道他是真心担忧妹妹。

据说古城来弦神岛就是为了让妹妹接受治疗，然而他一次都没有对此表示不满。古城会专心练篮球，好像也是想用自己的活跃表现替妹妹打气。

可是古城会这么重视妹妹，其实和他的罪恶感是一体两面。

在导致晓凪沙住院的事件中，他没能彻底保护妹妹。古城恐怕到现在还一直责怪自己。

但目前被剥夺记忆的古城却不知道那次事件过后，他体内夹带了多大的危险因素——

"有空的话，矢濑你要不要一起来？凪沙那家伙大概已经

想找人讲话想得按捺不住了，祭品能多一个也有帮助。"

古城用未必是开玩笑的口气邀了矢濑。矢濑忍不住苦笑。

异常多话是晓凪沙这个女孩为数不多的缺点。要陪在病房里闷得发慌的她聊天，用"祭品"来形容再合适不过。

"嗯，也好。既然这样——"

差点答应的矢濑忽然感到背后有视线刺过来，又把话吞了回去。猛一转头，就看见浅葱带着小朋友呕气般的脸色，慌慌张张地移开视线。

"怎……怎样啦？"

浅葱口气生硬地装蒜。有矢濑一块去比较轻松，可是和古城独处的机会也很难割舍——她的表情透露出这种纠结

"呃，抱歉，今天还是算了。待会我有点事要办。"

矢濑并不是为浅葱着想，但他说完就起身了。

再见——矢濑站在夕阳下，对前往车站的古城他们挥手。

"……"

接着，他默默仰望着篮球框。

比赛后验了血也没有发现任何异常，晓古城毫无疑问是个普通人。可是古城自己在无意识间可能早就察觉了。

他在初中最后一场篮球赛上展现的惊异身手从何而来——

报告已经呈上去了，本家却没有指示。

矢濑捂着被罐装饮料轰炸过的侧腹，脚步蹒跚。

目前他能做的就只有继续监视好友。

也祈祷他不会背负更多痛苦。

尽管矢濑明白祈祷绝不会如愿——

3

在夕阳开始笼罩弦神市街时，矢濑走出单轨列车的验票闸，站在人工岛北区的交叉路口。大约五百米前方处，可以看见古城和浅葱并肩同行的身影。

远远看去，两个人像是勾着胳臂，不过浅葱其实才刚用手肘顶了古城。虽然没办法连对话都听清楚，看来浅葱是狠狠吐槽了耍笨的古城。要说他们相处融洽倒也可以，不过那并不是青涩情侣会有的互动，气氛比较像唱双簧的搭档或彼此熟稔的死党。

"那家伙搞什么啊……"

矢濑对于浅葱依旧笨拙的恋爱技能，忍不住捂了眼睛。

矢濑中意古城的理由还有一个——那就是蓝羽浅葱这个人的存在。

浅葱和矢濑是从上小学以前就认识的老交情。以前在同一间幼稚园等监护人来接时，他们每天都是等到最晚的。也由于彼此家境都有些状况，他们的关系可以说比亲兄妹还亲。

但是，浅葱和借着过度适应能力而擅于与人来往的矢濑不同，她对和人相处这件事并不算拿手，小学时期的她在班上尤其孤独。

与其说浅葱被同学讨厌，别人对她的感觉比较接近于"畏惧"。浅葱出色的课业成绩和端正过头的五官，使她交不到同

性朋友。除了年龄差距大的姐姐以外，浅葱的同性玩伴相当少，所以大部分时间都和矢濑一起行动。

让这种状况改变的不是别人，就是晓古城。

在医院等候室碰巧交谈过短短几句，似乎成了让浅葱莫名在意古城的契机。

那之后浅葱所做的一切，即使在矢濑看来也觉得她相当努力。不擅长和人来往的浅葱拼命找借口和古城搭话；尽管给人有些矫枉过正的印象，但她也花了心血在化妆和打扮上面；对篮球规则也背得精通，甚至还能和古城讨论NBA的战术。

浅葱这样的举动也让班上女生的态度改变了。

不管在哪个时代，大部分女生都会支持悲剧的女主角。

浅葱意外的笨拙在班上传开，难亲近的美女形象也就替换成了"可爱却不吃香又拙于恋爱的女同学"这样的评价。

高墙一旦倒下，浅葱具备的高超技能要带给同学们好印象，自然是游刃有余。浅葱就这样带着自己的本色，让周围的人接受她了。

无论过程如何，其结果等同于古城帮了浅葱一把。这些细节矢濑当然不会说出口，不过他因此暗自对古城怀着一分感谢。

然而，矢濑并不是为了体贴古城和浅葱才回绝和他们一起去探望凪沙。他另有不能去医院的理由。

"……"

走在路上的古城和浅葱后方——有道陌生人影维持在两百米左右的距离，一直跟着他们移动。紧身的皮革黑洋装外搭风衣，是个穿着打扮一看就觉得诡异的年轻女子。她提着大小刚

好能装冲锋枪的金属手提箱。

古城他们所在的人工岛北区是企业及大学设施林立的研究所街。穿得像上一个世纪的杀手的女子，好比误闯现代街道的异物，显眼得不得了。

最要不得的是，她的手腕上戴着新得发亮的金属制手镯。

"魔族登录证吗……登录的魔族怎么会……"

矢濑慎重地保持距离，观察她的行动。

古城默默在公园练篮球时，矢濑就察觉到这个女性的存在了。她肯定是在跟踪古城，但目的不明。从矢濑开始监视古城的两年半期间，完全没有魔族接近古城。

离要去的医院已经不远了，古城和浅葱过了天桥。女子也跟着走上楼梯。

在她的身影从矢濑视野中消失的下一刻，连气息都跟着消失了。

"什么——"

大受动摇的矢濑冲了过去。他摘下戴在耳朵上的耳机，将意识专注于听觉。矢濑是在声音方面经过特化的过度适应能力者，别说是脚步声，只要他有意就连几百米远的呼吸、心跳都能感应到。然而靠矢濑这样的能力，却掌握不到跟踪古城他们的女子形迹——

只有她原本拿的金属手提箱被搁在天桥上。

"我竟然……把人跟丢了？怎么可能！"

矢濑呆愣地咕哝。他的说话声在无人的天桥上扩散消失。

他经能力加强的听觉从回响中听出了些微异状。声音传达

速度的些许落差，原因出在大气中的湿度不均。

"雾化？原来如此，是D种！"

察觉对方真面目的矢濑回过头。假如他不是天生的超能力者，而是受过训练的攻魔师，应该会更早察觉到弥漫于四周的强大魔力。

女子的真面目是吸血鬼，而且是血承"遗忘战王"的"旧世代"。这个等级的吸血鬼要以雾化隐身并非难事。

察觉矢濑尾随的女子靠雾化隐身，巧妙地将他诱了出来。

"弦神岛的居民……学生吗？看来倒也不像普通人。"

女性将黑色大衣一翻，在天桥扶手上化为实体。外表的年龄比看背影所想象的更年轻，大概十七八岁，充其量也只有二十岁。绢丝般柔亮的褐发摇曳于夕阳下，深红的眼睛正瞪着矢濑。

"你愿意老实回答，为什么要跟踪我吗？"

女性解开魔族登录证问道。或许她宁愿冒着被人向特区警备队通报的风险，也要召唤眷兽。当然，矢濑并没有足以和吸血鬼眷兽交战的力量。他汗流浃背。

"我才想问你，偷偷摸摸跟在初中生后面要干嘛？你喜欢年纪小的？"

矢濑掩饰内心慌张，傲然笑了出来。先不管实际能活的时间有多长，据说吸血鬼的心智年龄是和外表成正比的。对方若有破绽，大概就是精神上的不成熟吧。

"谁……谁有那种兴趣！"

就像矢濑推断的，女吸血鬼一下子就受到了挑衅。

她甚至忘记自己正站在不稳的天桥扶手上，踏出脚步后失去了平衡，直接摔在天桥走道上。腰和背都撞在地上发出巨大声响，让人听了就觉得疼。

"痛痛痛痛痛……"

女吸血鬼按着后脑勺，泪眼汪汪。矢濑看着她的模样，脸上不由得带了同情的神色，恐惧感在不知不觉中消失了。以一个靠战斗为生的吸血鬼来说，她实在太没防备了，肯定是外行人。从她穿着不适合跟踪的醒目服装这点，矢濑就该猜到了。

"啊……喂，没事吧？"

"当……当然没事！我身为卡尔雅纳家的女儿，就凭这点小挫折……"

女吸血鬼拼命压着短裙下摆起身。她无心间提到的单字让矢濑微微感到困惑。

"卡尔雅纳……你是'战王领域'卡尔雅纳伯爵家的幸存者？"

"咦？你怎么知道……"

矢濑望向神色惊讶的女吸血鬼，同时也涌上了些许无力感。

"呃，不是你自己讲的吗？"

"唔……啊！"

被矢濑点破，她又惊慌地猛摇头说：

"不……不对，我的意思是，住在遥远东方的你怎么可能会知道这些事情！包括卡尔雅纳伯爵的家名，还有一族遭到屠杀的事——"

"你顺利混过去了耶……"

"啰嗦！"

她终于发癫似的吼了出来，然后粗鲁地揪起矢濑的胸口。

就算跟踪外行，但那终究是吸血鬼的臂力，矢濑抵抗个一两下也不可能逃掉。她看矢濑安分下来以后才总算露出微笑，唇缝间可见皓白獠牙。

"你那衣服和晓古城是同一款校服！还特地安排了监视者潜伏在他的学校？你是哪个派系的人？"

"派系？"

矢濑呼吸困难地呻吟。女吸血鬼的发言显示除了她以外，还有其他势力盯上了古城。不管身为古城的监视者或朋友，那都是无法坐视的状况。

"我想你应该也一样不想无端生事吧？"

对方似乎将矢濑不回答问题的态度判断成不合作。女吸血鬼压迫在他喉咙上的指头力道正逐渐增强。

"为什么……吸血鬼会盯上古城……"

矢濑声音沙哑地问了。霎时间，女吸血鬼的眼里浮现出一丝犹疑。她好像总算想到，矢濑可能是和她的目的无关的局外者了。

"我盯上……晓古城？什么意思？你不是在找钥匙吗？"

"你说……钥匙？"

女吸血鬼踌躇般抿着唇一阵子以后，就松开指头放了矢濑。矢濑虚弱地咳嗽，并且静静地瞪着她。

看来这个褐发女吸血鬼并没有盯上古城。即使如此，她跟踪古城这一点仍然没变。

接下来才要判断她是不是敌人。

矢濑没有能硬碰硬打倒吸血鬼的力量，但如果对方是害怕惹出事端的登录魔族就另当别论。再加上她个性粗心又容易受挑衅，只要好好利用这些部分，应该能套出有用的情报——

"——唔！"

然而在矢濑准备要开始交涉的当头，却感到全身极度痛苦而跪了下来。

撕裂大气般的惊人冲击打破了用于捕捉古城动静的"声响结界"。忽然出现在地面的青白色雷光染上黄昏的天空。

"不会吧！"

褐发女吸血鬼朝眩目雷光眯眼，倒抽一口气。

惊愕得脸皱在一起的她仰望在逆光中浮现的大楼楼顶——

站在那里的，是个全身环绕青白雷霆的少女。

"什么人！"

矢濑将视线转向陌生少女。

下一刻，异变骤现。

眩目闪光布满视野，肌肤感到热烫疼痛的同时，待在天桥上的矢濑等人就被震飞了。臭氧的异味扑鼻而来，带电的大气让头发直竖。

"唔……打雷吗！"

矢濑挂在脖子上的耳机冒出火花，他只好咽嘴把耳机扔掉。

事情发生得太突然，他根本无法理解发生了什么。和大楼上的少女对上目光的瞬间，矢濑他们就受到冲击了。

"不对！那是——"

重重撞在天桥扶手上的女吸血鬼捂着后脑勺，撑起了上半身。你知道是怎么回事吗——矢濑说着将视线转向她，结果却忍不住冒出一声："啊。"

一屁股跌在地上的少女，裙底春光意外地全部朝矢濑露光了。黑色蕾丝的吊带袜对初中男生来说刺激太强了一点。

"你……你看见了对不对！"

"现在是说这个的时候吗！"

"我身为卡尔雅纳家的女儿，竟然受了这种耻辱——"

女吸血鬼满脸通红地发抖。根本没得沟通嘛——矢濑死心后，又将视线转向大楼上面。

雷光绕身的是个十四五岁左右的娇小少女，金色头发理得像男生一样短，眼睛像火焰般绽放青白色光芒。她全身披着镶了金边的白金铠甲，那明显是战斗用装束。

"可恶。那家伙搞什么！"

"这道雷……第五号！为什么王会亲自……"

褐发女吸血鬼仰望铠甲少女，呆愣地发出低喃。她会全身打哆嗦，应该不只是因为打雷的冲击。她畏惧铠甲少女。

"那家伙也是吸血鬼吗？刚才的攻击……感觉并不像眷兽就是了……"

"吸血鬼？你别说笑了！那些家伙纯粹就是个怪物！弑神兵器！"

女吸血鬼朝矢濑吼了回去。陌生的字眼让矢濑感到疑惑。身穿白金铠甲的美丽少女，和"兵器"这个词所能联想到的形象相差甚远。随后——

"把钥匙交出来，威儿蒂亚娜·卡尔雅纳。"

铠甲少女口气肃穆地下令，火焰双眸凝视着矢濑身旁的女吸血鬼。威儿蒂亚娜好像是女吸血鬼的名字。

"钥匙……"

矢濑听懂少女的话了。刚才的闪光只是威胁，不只收敛了威力，还刻意避免直接命中，为的就是得到威儿蒂亚娜身上所谓的"钥匙"。

"交出钥匙。或者，你想死？"

铠甲少女再次宣告，环绕她全身的雷光越显闪耀。

唔——威儿蒂亚娜紧咬嘴唇，看向矢濑。

"那边那个，你叫什么名字？"

"矢濑……矢濑基树。"

矢濑老实回答问题。假如这样就能得到对方信任，他觉得报上名字只是小意思。

威儿蒂亚娜满意地点头，然后上前袒护矢濑。

"好，基树，我会争取时间让你逃跑。所以，你要帮我将那个手提箱送去给MAR的晓深森！"

"喂！"

矢濑察觉到威儿蒂亚娜准备做什么，表情顿时冻结。

女吸血鬼从全身喷涌出血雾，雾气幻化成猛犬的身影——口吐火焰的三头眷兽。她打算在市区里用眷兽开战。

176

即使是在"魔族特区"长大的矢濑，也少有近距离目睹吸血鬼眷兽的经验。他不禁慑于妖犬绽放的爆发性魔力。

"'Ganglot'——拜托你了！"

威儿蒂亚娜命令自己的眷兽攻击铠甲少女。

矢濑趁机捡起倒在天桥角落的金属手提箱。这只手提箱里的东西，恐怕就是铠甲少女要求的"钥匙"吧。

收下手提箱也就等于和铠甲少女为敌。即使如此，矢濑仍不犹豫。因为威儿蒂亚娜口中提到了晓深森——那是古城母亲的名字。

如果威儿蒂亚娜和晓深森是同伙，将她当成古城这一边的人应该不会错。既然如此，矢濑就有理由帮她。

而且矢濑有胜算——异母兄弟交给他的增幅剂。

这种难吃得要命的胶囊，矢濑已经用本身肉体验证过效果。经化学药剂增幅后，矢濑的过度适应能力就能随意操纵气流、引发狂风。借助那阵气流，他便可以用时速九十公里以上——能够在四秒内跑完一百米的惊人速度疾走，到深森所在的MAR研究所用不了四十秒。只要威儿蒂亚娜撑得过这不到一分钟的空当，矢濑就应该能达到目的。

"啊——"

可是，在矢濑含下胶囊以前，威儿蒂亚娜就发出一阵惨叫声瘫倒在地。

愕然的矢濑回过头，只见遭眩目闪光压顶的妖犬身形正逐步消失。出现在黄昏天空的，是一头雷光绕身的巨狮。

威儿蒂亚娜的眷兽全长四米多。光是这种怪物，惊人程度

已堪称"旧世代"的眷兽，雷光巨狮的身躯却远远大于它。超过十几米的雄姿，甚至给人占满整片天空的错觉。

狮子提起前脚的猛烈一击，将威儿蒂亚娜的眷兽消灭得不留痕迹。

"这家伙是什么玩意儿……"

矢濑茫然仰望天空，杵在原地。

那头雷光巨狮恐怕也是眷兽——具现化以后，强大得具备独立意志的魔力聚合体。但是这未免强大过头，这种规模不可能是单单一名吸血鬼驾驭得了的召唤兽。如此魔力要是无秩序地释放出来，最糟的情况下，半座弦神岛都会被烧得精光。

铠甲少女睥睨着失去眷兽而半恍惚地倒下的威儿蒂亚娜。

听命于少女的雷光巨狮再度举起了前脚。

停下来——矢濑伸出手。然而，这样的举动毫无意义。雷光巨狮的攻击朝威儿蒂亚娜扑来，连带将他一并卷了进去。

横跨交叉路口的巨大天桥瞬间被摧毁得连瓦砾也不剩。

然而，矢濑畏惧的冲击却没有扑到他们身上。

既没有爆炸声也没有惨叫一声，连风声都听不到，只有彻底的寂静笼罩着矢濑他们。

打破这阵寂静的，是一道和缓脱俗的少女嗓音。

"停手，第五号——第五号'焰光夜伯'。"

这道声音传来的同时，所有声音也回到了这个世界。

让天桥蒸发的高热冲击余波变成狂风，扫在矢濑脸上。

和威儿蒂亚娜叠在一块的矢濑倒在离天桥三十多米远的马路旁。矢濑他们本身都没有发觉自己刹那间就被人移动了。

"怎……怎么搞的……"

矢濑冒出像是失去片段记忆的不适，粗鲁地甩了甩头。他并没有感受到空间操控魔法特有的近似晕船感，那种不快反倒像是看了画面掉格的电影。时间的连续性中断，仿佛书本被撕去几页。

"'寂静破除者'……"

被矢濑抱起来的威儿蒂亚娜抬着脸茫然地发出嘀咕。

她看着无人的马路中央——身穿校服站在那里的少女。

那是个戴了眼镜、腋下夹着书、给人朴素印象的少女。

"你是……"

被称为第五号的铠甲少女愤怒得挑起眉。她用右手指向夹着书的少女，命令雷光巨狮攻击她。

刹那间，世界又遭沉默支配。

"——！"

铠甲少女的右臂无声无息地被扯断了。

接着像是被看不见的铁锤痛殴，少女飞了出去。她掉在矢濑他们眼前，身体直接陷进柏油地面。

随后，声音回到了世界。

唔——少女口中呕出血块。大概是供给的魔力中断了，雷光巨狮的身躯如蜃景一般摇曳消失。

矢濑他们不懂发生了什么。被称作"寂静破除者"的制服少女缓缓回头俯望铠甲少女。

"你的行为违反了'宴席'的规定。如果还要继续战斗行为，我会本着定夺者的权限立刻让你丧失资格——"

说完后，"寂静破除者"将手里拿的铠甲少女被切断的右臂，随意地丢了回去。

被称为"第五号"的少女站了起来，一身铠甲嘎吱作响。

她用憎恶的眼神瞪着"寂静破除者"，全身再度笼罩雷霆，接着就以电光般的速度不知飞去哪里了。

"寂静破除者"带着叹息目送她离去，接着又将视线转到矢濑他们这边。

正确来说，她用冰冷视线对着的，是被矢濑搀扶的威儿蒂亚娜。

"那么，威儿蒂亚娜·卡尔雅纳——能不能说明一下你为什么会在这里？卡尔雅纳伯爵家应该已经失去'宴席'的参加资格了吧？"

"寂静破除者"语气和缓地问了。威儿蒂亚娜咬牙切齿，拼命从喉咙挤出声音回答：

"保护了第十二号'焰光夜伯'的可是我姐姐。卡尔雅纳一族有权赌在她身上，赌在第十二号身上——！"

"寂静破除者"不带感情地望着用深红眼睛瞪过来的威儿蒂亚娜。衣服摩擦般的窸窣声传到了矢濑耳里。

"好吧，你的参加资格姑且保留到以后判断。不过，在那之前——"

如此说着的"寂静破除者"，手上不知不觉中冒出了金属手提箱。那是威儿蒂亚娜的行李，原本应该被矢濑拿在手里。

"这把钥匙就由我保管。"

威儿蒂亚娜面露愠色地瞪着如此淡然告知的"寂静破除

者"。她重重捶在路面的拳头渗出血来。

"狮子王机关……"

屈辱得发抖的威儿蒂亚娜嘀咕着撂下这句话。

"寂静破除者"毫无防备地背对这样的她离去。

看不见对方身影以后，现场只剩矢濑和威儿蒂亚娜。

发现天桥被摧毁，马路上聚集了看热闹的人。用不了几分钟，警察或特区警备队也会赶来。矢濑身为人工岛管理公社的谍报人员，对他来说特区警备队等于自己人。不过这次要是被他们逮住，事情似乎会变得麻烦，先离开这里应该比较好。

不过在那之前，矢濑有件事非得确认清楚。

"能不能跟我说明这是怎么回事，威儿小姐？"

"你怎么随随便便就叫得那么亲昵——"

垂头丧气的威儿蒂亚娜一脸不开心地抬起脸看了矢濑，接着诧异得瞪大了眼睛。

"基树，你拿的是——"

"我想到会有这种情况，事先做了保险。"

矢濑说着把刚才偷偷藏在背后的东西举了起来。那是用布裹着的金属棒，银亮的表面刻满密密麻麻的魔法字样，给人一种未来感。

直径约三到四厘米，长度不足五十厘米，其中一端打磨得锐利。

要称为枪嫌太短，要当作箭矢又太重。"桩"这个字眼最符合其形象。

这根金属桩，毫无疑问正是威儿蒂亚娜托付给矢濑的手提

箱中的内容物。

趁着"寂静破除者"和铠甲少女交手的短暂空隙，矢濑瞒着她的眼睛拿出了这玩意，藏在校服背后。

"亏你能在那种状况下动手脚……真是厉害的恶棍。"

威儿蒂亚娜佩服似的深深呼了一口气。

"不过，你把这东西叫成'钥匙'——"

"是啊……这是钥匙，用来开启'棺材'。"

威儿蒂亚娜说着就想从矢濑手里抢走金属桩，但矢濑灵活地闪开她的手又问：

"东西还你以前，能不能告诉我第十二号'焰光夜伯'是什么意思？"

威儿蒂亚娜恨恨地朝矢濑看了一会儿，然后就像转念似的端正姿势。也许她是决定将矢濑当成协助者，才打算尽自己该有的礼节。

如今从她脸上能隐约感觉到堪称贵族的气质余韵。

"你知道第四真祖吧。"

威儿蒂亚娜静静地问道。矢濑板着脸点头。

"你是说理应不存在的第四名真祖，世界最强吸血鬼吗？"

"没错。但你有没有想过？存在受到公认的真祖只有三名——可是，为什么理应不存在的第四个真祖却在历史中出现好几次，还留下令世界大乱的记录？为何连其他真祖都认同'焰光夜伯'是最强的吸血鬼？"

嗯——矢濑略有所思地低声咕哝。他并不曾对幼稚的都市传说想得太深，不过威儿蒂亚娜最后提出的疑问听起来确实让人觉得奇怪。

　　威儿蒂亚娜看矢濑沉默，就略显得意地笑了。

　　"道理说来很简单。第四真祖是人工创造出来的。不外由三名真祖设计出的世界最强吸血鬼——那就是第四真祖。所谓的'焰光夜伯'，其实是创造第四真祖的计划名称。"

　　"创造……真祖的计划？"

　　矢濑全身起了鸡皮疙瘩。他没办法将威儿蒂亚娜的话当成谬论一笑置之，因为他亲眼看到了铠甲少女率领的雷光巨狮所显示的惊人魄力。

　　威力夸张得可以匹敌天灾的召唤兽——那不正是第四真祖的眷兽吗？

　　矢濑忽然想起创造出万花筒花样的，是筒内三面镜子组成的三棱镜。

　　那么"焰光夜伯"这个名称，不就象征了第四真祖所扮演的角色？透过三名真祖之手，人工创造出的"世界最强吸血鬼"角色——

　　"你说过第四真祖是兵器，对吧？"

　　矢濑低声反问。既然是兵器，就算能量产也不奇怪。即使制造出十二具，或者更多也一样。所以问题并不在这里。

　　"所谓的兵器，是为了对付敌人才会存在。特地造出世界最强的吸血鬼，那些真祖打算做什么？"

　　"那还用问？"

　　于是，威儿蒂亚娜静静地说出了那个字眼。

　　落在海平线的金色夕阳，悄悄照着她那点缀着悲壮决心的

脸庞。

"——为了'圣歼'啊。"

終章
Outro

矢濑基树在沿海的防波堤斜面上醒了。

天空夕色已浓，海风凉飕飕的。和缓的海浪声在树脂制的消波块间回荡，海水味扑鼻。校服沾了血沉甸甸的。

矢濑记得自己在人工岛北区碰上弦神冥驾，更遭到砍伤。他操纵气流往后跳开，设法让自己避开致命伤，又碰巧摔在路过的卡车载货板上，逃过了冥驾的追杀。不过，矢濑的记忆只到这里。

"你醒了吗，基树——"

躺着的矢濑身边传来问话声。穿着彩海学园校服的少女合上读到一半的书并回头。她一如往常的平淡态度让矢濑苦笑着叹气。

"是你啊，学姐？"

矢濑说着撑起上半身，贯穿全身的剧痛让他发出惨叫。"寂静破除者"——闲古咏不带感情地望着痛苦的矢濑，静静说道：

"还不要起来比较好哦。断裂的血管和肌肉我替你接上了，不过那只是急救处理。要能正常活动大概需要两个星期。"

"看来是这样。"

矢濑又趴到防波堤上，粗鲁地抚弄乱掉的头发。

古咏看了矢濑那模样，别说用腿枕着他，连汗都不打算帮忙擦，态度仿佛害怕用自己染血的指头碰触矢濑。

"我梦到了第一次遇见你那时候。"

矢濑自言自语似的嘀咕。

古咏望着矢濑，露出像淡淡雪花的忧伤笑容。

"才一年以前的事，感觉已经过了很久呢。"

"嗯，对啊。"

受不了——矢濑自嘲地闭上眼睛。那天过后的短短时间里，发生太多事情了。人工岛的一座区块沉没，死了许多人。而古城担负了太过残酷的命运，对此矢濑仍然感到悔恨。

"你会在这里，表示古城他们平安吧。"

再次起身的矢濑看向古咏。古咏有些傻眼地点头说：

"是啊。第三真祖'混沌皇女'离开了。"

"'混沌皇女'……"

这样啊——矢濑不悦地眯眼。

第三真祖嘉妲·库寇坎——假如击退瓦特拉的两名心腹以及那强大的眷兽都出自她的手，一切就能让人释怀了。

"MAR的设施损毁惨重，不过他们对于这件事应该会保持沉默吧。"

"毕竟那些人做的亏心事也够多了。"

"不。因为即使将这次损失从必要经费扣除，MAR的利润还是有余的。全靠弦神分公司——不对，晓深森的研究。"

"这个社会好烂……虽然我没资格讲就是了……"

矢濑懒散地皱着脸叹气。背着良心靠尔虞我诈赚钱这一点，他家里……也就是矢濑财团同样半斤八两。

"弦神冥驾好像发现了。你那个青梅竹马的秘密。"

古咏打破一瞬间的寂静说了。

矢濑表情凝重。古咏带着某种满足的神情，望着他惊慌得无法掩饰的模样。那无邪而残酷的神情，宛如想独占他人爱情的年幼小孩。

"你说……浅葱的秘密？是吗！可恶，原来是这么回事……"

连伤痛都忘了的矢濑瞪着古咏，气急败坏地逼近面无表情的她。

"你明知道这一点，为什么还放了他？靠你的能力，应该阻止得了那个男的啊！"

"因为没有那种必要。"

被称为"寂静破除者"的少女宣告得不留情面。

"狮子王机关的职务，是保护这个国家不受大规模的魔导灾害或恐怖袭击——我判断弦神冥驾的行动并不会妨碍我们的目的。"

"学姐，你——"

古咏看似不带感情的眼里微微闪烁着润泽。她明白自己下的判断在往后将招来诸多不幸和悲剧。

即使如此，她还是没有阻止弦神冥驾。

身为狮子王机关三圣之首的她——

"告诉我，学姐。弦神冥驾想利用这座岛做什么？"

矢濑从正面看着古咏问道。

弦神冥驾——和人工岛"弦神市"的设计者弦神千罗拥有同样姓氏的男子。他会被当成魔导罪犯囚禁于监狱结界，应该不是单纯的巧合。

冥驾犯下的罪行，肯定和隐藏在这座弦神岛的秘密有很深

198

的关联。还有他对浅葱感兴趣的理由——

"你不是已经察觉了吗，基树？"

"他想将那家伙叫回来吗?!"

矢濑粗声粗气地嘀咕。

文明和争端的象征——透过金属和魔法孕育而出的人工岛，"魔族特区"弦神市。

要当作唤出那一位的祭坛，应该没有舞台比这里更合适了。受丰饶大地诅咒者、原初的罪人、魔族之祖，同时亦为所有人类和魔族的天敌。

以往在"圣歼"中毁灭了地上世界好几次的人——

当矢濑受制于绝望时，古咏忽然静静地细语：

"不要紧——我们会赢的。因为这场'圣歼'不只是第四真祖的战争。"

她那有如代宣神谕的细语，让矢濑呵呵苦笑着放松力气。

一瞬间，矢濑脑里闪过的是古城，还有依偎在他身旁的娇小少女身影。

并非灵能力者的矢濑当然无法使用灵视。

即使如此，忽然浮现的那幅画面已经有足够的效果，让矢濑觉得自己是杞人忧天。没错，现在和一年前那时候不一样。

晓古城的监视者不只一个——

古咏的身影在不知不觉中消失了。

矢濑貌似疲倦地叹气，当场躺下闭上眼睛。

应该还有一些时间，还有时间让他沉浸于回忆中。

于是矢濑入眠了。

在梦中遥想着那个既令人怀念又可悲，人称"焰光夜伯"

的少女——

后记

就这样，向各位奉上《狂袭系列》第七集。

这是系列作的第七集，而且第四真祖的真面目和古城的过去等重要资讯，从这一集开始终于解禁了。怀着对各位读者奉陪这部作品到现在的感谢之意，未公开的篇章、重要机密、新角色及小插曲都来势汹汹地塞进了这一集，若能让大家读得开心，就是我的荣幸。

看完的读者应该也都发现了，这一集的结构有些跳脱规范，各章节时间轴写成了"（大约）四年前→现在→（大约）一年前"如此交错的形式。这是因为回想篇并非"已经结束的过去"，而是仍以现在进行式影响着古城等人的现状。把内容想成各自独立的篇章并没有问题，要依照发生的时间顺序读下来同样可以。希望大家能照着自己喜欢的方式阅读。

假如不老不死的吸血鬼真的存在，最感到困扰的职业会是哪一行？要问到这个，其实我觉得是历史学家或考古学家。即使他们辛辛苦苦地调查遗迹和文献，推测出古代文明的样貌，要是让实际看过当时情形的吸血鬼真祖评了一句"那不对"，心血就会全部泡汤。

话说回来，从吸血鬼的立场来想，连本人都忘记的远古黑历史以及年轻气盛所犯下的过错痕迹，同样有被考古学家发现

的风险。以某种角度而言，也许他们互为天敌。在这一集登场的诡异中年大叔就是这样创造出来的角色，想象他和深森相恋的过程也蛮好玩的，应该说那看起来根本只是犯罪过程（毕竟年纪也差了十岁以上）……

先不提那些，这次能写到矢濑这些平常不会浮上台面的背后因素和心境，以我个人来说是挺开心的。关于初中时期的古城和矢濑，有机会的话也许迟早会仔细写写看。不过随着戏份越多，矢濑似乎就变得越不幸，是我的心理作用吗……无论如何，以某种意义而言，他是比古城更与事件核心相关的人物，希望大家也能期待他往后的活跃表现。

这次同样受负责插画的麻喵子老师关照了。隔月出刊的日程加上众多新角色，而且连固定班底的登场人物都要调整造型，我想一定费了不少功夫。真的非常感谢您！

还有负责改编漫画的TATE老师，一直都很谢谢您。女生们变得比原作还可爱，古城也是个型男，战斗场景更是帅气得让我每一期都十分期待。往后也请多多指教！

另外以汤泽责编为首，所有制作、发行本书（而且在出版日程上被我添了许多困扰）的相关人士，我也要由衷向各位表达谢意。

当然，对于读完本书的各位读者，我也要致上最高的谢意。

那么，希望我们能在下一集再见。

三云岳斗

（注：以上均为日本出版情况）

STRIKE

THE BLOOD

焔光夜伯

梦沉玛德拉 **1~4 待续**

库斯拉一行人终于来到了卡赞，他们通过壁画与画卷发现，这座城里也有过兽耳族人，并且与普通人和谐地生活着，这让菲妮西斯心中燃起了些许希望。但是后来，他们发现这一切都是一场阴谋，为了脱困，他们只能借助禁忌的知识，复活古代的龙与大魔导师，兽耳族人的真相渐渐浮出水面……

定价：各28.00~30.00元

◎著者：（日）川原砾　◎绘者：（日）abec

进击全新的水城世界！
用不一样的视觉感受全新的战斗！

刀剑神域 进击篇1~3 待续

桐人和亚丝娜来到了艾恩葛朗特的第四层，这里遍布无数"水道"，若想通关，就必须先得到一艘自己专用的凤尾舟为了得到造船材料，桐人和亚丝娜向大型火焰兽"巨地懒"发起了挑战！而此时，一个他们没有料到的人，正在第四层等待着和两人重逢……

定价：各30.00元

Light Novels

TIANWEN KADOKAWA

人类、恶魔、天使三界大混战！
安特·伊苏拉即将迎来局面大改革！！

◎著者：(日)和原聪司 ◎绘者：(日)029

打工吧！魔王大人 1~10 待续

　　回到安特·伊苏拉的艾米莉娅受奥尔巴控制，被迫再度挥舞圣剑斩杀魔王军。同样被挟持到异世界的恶魔大元帅艾尔西尔也不得不依照天使的作战安排，一直占据着皇都苍天盖的城楼。原本在日本能够和睦相处的恶魔与人类眼看就要爆发一场大战……

定价：各24.00~26.00元

TIANWEN KADOKAWA

Light Novels

◎著者：（日）野村美月　◎绘者：（日）竹冈美穗

光的花儿——「空蝉留薄衣，情深难自拔」

光的血脉得以留存，天使的孩子将降临?!

（日）野村美月／著
（日）竹冈美穗／绘　雅岚／译

光在地球之时…… 7 待续

想探究光"最爱"之人的心意，是光与光来到教会，碰到了名为"空"的女子，而她称自己怀上了"天使的孩子"……是光为了保护空与其腹中孩子而四处奔走，是光因此遭到了校友们怀疑?! 因光的孩子而动摇的葵，蠢蠢欲动的一朱，众多思绪交错其中，隐藏的真实终于得以大白于天下！

定价：24.00~26.00元

Light Novels

TIANWEN KADOKAWA

图书在版编目（CIP）数据

焰光夜伯 / （日）三云岳斗著；（日）麻喵子绘；
郑人彦译. — 昆明：云南美术出版社, 2015.12
（狂袭系列；7）
ISBN 978-7-5489-2168-4

Ⅰ.①焰… Ⅱ.①三… ②麻… ③郑… Ⅲ.①长篇小
说—日本—现代 Ⅳ.①I313.45

中国版本图书馆CIP数据核字(2015)第267636号

责任编辑: 师 俊 韩 洁
特约编辑: 胡雨桐
美术编辑: 余倩琪

原著名:《ストライク・ザ・ブラッド7 焔光の夜伯》，著者:三雲岳斗，绘者:マニャ子，日版设
计:渡邊広一
©GAKUTO MIKUMO 2013
Edited by ASCII MEDIA WORKS
First published in 2013 by KADOKAWA CORPORATION,Tokyo.
Chinese translation rights arranged with KADOKAWA CORPORATION,Tokyo.
Translation copyright ©2015 by Guangzhou Tianwen Kadokawa Animation & Comics Co.,
Ltd.
本书中文简体字翻译版由广州天闻角川动漫有限公司策划并由云南美术出版社出版。未经出
版者预先书面许可，不得以任何方式复制或抄袭本书的任何部分。
云南省版权局著作权合同登记号：图字：23-2015-035

本书为引进版图书，为最大限度保留原作特色、尊重原作者写作习惯，故本书酌情保留了部
分外来词汇。特此说明。

狂袭系列 7

焰光夜伯

著　者: 〔日〕三云岳斗
绘　者: 〔日〕麻喵子
译　者: 郑人彦
出版发行: 云南出版集团
　　　　　　云南美术出版社（昆明市环城西路609号）
印　刷: 利丰雅高印刷（深圳）有限公司
版　次: 2015年12月第1版
印　次: 2015年12月第1次印刷
开　本: 1/32 787mm×1092mm
印　张: 6.5
字　数: 130千字
ISBN 978-7-5489-2168-4
定　价: 21.00元